BIBLIOTECA

J.J. BENÍTEZ

J.J. BENÍTEZ

LA PUNTA DEL ICEBERG

Obra editada en colaboración con Editorial Planeta - España

Diseño de portada: Marco Xolio

Reimpresión exclusiva para México de
Editorial Planeta Mexicana, S.A. de C.V.
Avenida Insurgentes Sur núm. 1898, piso 11
Colonia Florida, 01030 México, D.F.

Primera reimpresión (México): septiembre de 2004
ISBN: 970-37-0193-0

Impreso en los talleres de Litográfica Ingramex, S.A. de C.V.
Centeno núm. 162, colonia Granjas Esmeralda, México, D.F.
Impreso y hecho en México - *Printed and made in Mexico*

www.editorialplaneta.com.mx
www.planeta.com.mx

ÍNDICE

A Manolo Osuna, que seguramente
leerá este libro desde las estrellas

1

Donde se cuenta cómo Juan González Santos no se arruga así como así. Hace años que deseaba escribir este libro. No nos engañemos: esto es sólo «la punta del iceberg». Quizá, sin saberlo, estamos escribiendo para los hombres del siglo XXI o XXII. Una primera y segunda «yampás» o de cómo aparecieron «pelotes» luminosos ante los ojos del testigo. Chispa más o menos, a 20 metros del ovni. «Soy curioso, pero no tonto.» Donde se deduce que los extraterrestres no son muy amantes del tabaco. «Pensé que se trataba de americanos.» Misteriosa doble «zeta» en el fuselaje. De cuando nos empeñamos en buscar las huellas del ovni. La importancia de una rama desgajada. De cómo es posible emocionarse ante unas hojas.

Juan es hombre cumplidor donde los haya. Así que aquella despejada mañana de marzo de 1981 cargó su furgoneta Ebro con las naranjas, lechugas y tomates que le había pedido el Mesón Sancho. A eso de las diez y media arrancó su veterano vehículo y, sin prisas, comenzó a rodar por la carretera secundaria de El Cobre, en las afueras de la ciudad de Algeciras. Juan González Santos vive en la mencionada zona y conoce aquellos derroteros como la palma de su mano. No tardó en alcanzar el cruce con la carretera general de Cádiz e inició un ronco ascenso por el carril destinado a camiones y vehículos lentos, siempre en dirección al citado mesón.

Cuando se encontraba a unos tres kilómetros y medio de Algeciras, el solitario conductor de la furgoneta CA-1842-J, y ante el inminente final del carril «lento», conectó el intermitente de la izquierda. Fue en esos instantes, al efectuar la obligada y rutinaria maniobra, cuando Juan se fijó en unas luces muy extrañas, situadas un poco más adelante y a su izquierda, por detrás de una fila de espigados eucaliptos que bordean la ruta y que medio ocultan los terrenos de labranza de un cortijo próximo.

La escasa velocidad de la furgoneta, que en aquellos

momentos estaba a punto de coronar la pendiente, permitió al vecino gaditano una observación más atenta de las luces que asomaban entre la leve neblina de la mañana.

Juan pensó que quizá se trataba de algún camión accidentado y detuvo la Ebro en el arcén, frente por frente al punto donde acababa de descubrir el supuesto accidente de circulación. Sin bajar de su asiento, el conductor permaneció por espacio de algunos segundos con la vista fija en las luces que pasaban inadvertidas para los numerosos automovilistas que marchaban en uno y otro sentido por aquel tramo de la carretera nacional 340 de Cádiz a Algeciras. Él sabía que por detrás de la apretada fila de eucaliptos no había carreteras o caminos. El terreno, propiedad del cortijo «Marchenilla», aparece allí despejado y con una ligera pendiente que nace en la barrera verdiblanca de los eucaliptos, al pie mismo de la carretera. Estas circunstancias, y el hecho de no apreciar señal alguna de frenada sobre el pavimento, alarmó definitivamente a Juan. El hombre había tomado la decisión de acercarse hasta el lugar y, tras efectuar un giro, aparcó en el arcén opuesto, a un tiro de piedra de las misteriosas luces.

Descendió de la furgoneta y se precipitó por el acusado talud hasta la pared de hojas de los eucaliptos. Desde allí y agarrándose con su mano izquierda a una de las ramas, el testigo descubrió desde su escondrijo que el aparato que aparecía ante sus ojos —a poco más de 40 o 50 metros— no tenía nada que ver con un camión. Absorto en su observación, Juan no se percató de lo forzado de su postura y la frágil rama terminó por romperse, haciéndole perder el equilibrio.

Nuestro protagonista no es hombre que se arrugue con facilidad y, tras incorporarse, regresó a la Ebro. Estaba decidido a llegar junto a la extraña máquina posada en el campo, pero el acceso por aquel lado resultaba comprometido: pegada casi a los árboles se levanta una alambrada.

Juan sabía que a escasos metros, junto a la caseta del repetidor de Radio Algeciras, situada en aquella misma orilla de la calzada, arranca una vereda que conduce a la hacienda de los hermanos Soto, dueños del referido cortijo «Marchenilla». Era, en definitiva, la entrada más próxima al punto donde se hallaba el objeto.

Sin abandonar el arcén, el agricultor salvó los 150 me-

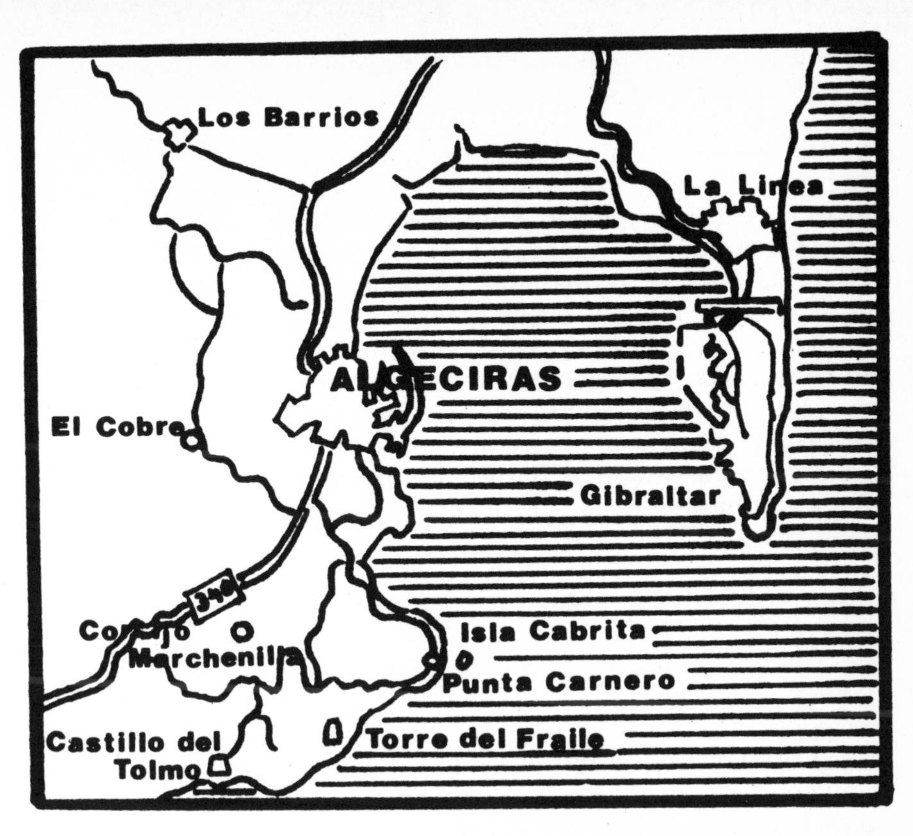

El "encuentro" con el ovni y sus ocupantes tuvo lugar frente al llamado cortijo "Marchenilla", a 50 metros de la carretera nacional 340 de Algeciras a Cádiz.

tros que le separaban del recinto de la emisora y aparcó la furgoneta en una diminuta explanada, a la sombra de la alta antena roja.

La máquina era perfectamente visible desde aquel lugar, pero Juan no se contentó con ello. Y empujado por una creciente curiosidad, comenzó a caminar a campo través, sorteando las punzantes matas de abrojos y cardos. Eran las once de la mañana. La bruma había ido disipándose, y el vecino de Algeciras prosiguió su firme, aunque cauteloso, avance. Todo parecía tranquilo y sumido en un silencio total. El enigmático objeto seguía lanzando destellos luminosos, aparentemente ajeno a la cada vez más cercana presencia del testigo.

Pero algo estaba a punto de suceder. Algo que Juan González Santos no olvidará mientras viva...

LA PUNTA DEL ICEBERG

Hace años que deseaba escribir este libro. Desde que me convertí en el único profesional español de la investigación OVNI he ido reuniendo decenas de casos de encuentros con los tripulantes o pilotos de los ovnis. En estos momentos (diciembre de 1982), y sólo en lo que a la Península Ibérica e islas Baleares y Canarias se refiere, he logrado investigar la nada despreciable cifra de cuatrocientos casos de «encuentros en el tercer tipo». Pues bien, creo que ha llegado el momento de empezar a difundir ese preciado tesoro, prueba irrefutable —al menos para los investigadores de campo— de la realidad ovni como manifestación extraterrestre.

Como verá el lector, no siento el menor temor a la hora de pronunciarme sobre este importante capítulo del fenómeno. Es más: quiero que vaya por delante en el presente trabajo, ahorrando así dudas y suspicacias a cuantos no me conocen. Dispongo a estas alturas de mis investigaciones de tantas pruebas testimoniales que refrendan el origen extraterrestre de los ovnis que, si no me pronunciara abierta y claramente sobre ello, estaría defraudando y defraudándome. (Francamente, no sé qué puede ser peor.)

Pero vayamos a los hechos. Por supuesto, en ningún momento he pensado convertir ese raudal de información que he ido acumulando en los últimos diez años en un simple y frío «catálogo». Creo que la presencia de los llamados «humanoides» cerca de los testigos encierra siempre —e insisto en lo de «siempre»— un conjunto de matices y circunstancias que no puede ser sacrificado bajo ningún concepto. Cualquier estadística que ignore o desprecie esas peculiaridades de los citados «encuentros» resulta falseada o, cuando menos, empobrecida.

Por otra parte, después de largos años de pesquisas, siento la necesidad de transmitir al lector esa cara oculta de la investigación. Ese capítulo que conocen bien los escasos ufólogos «de campo» y que raras veces sale a la superficie. Me refiero a las muchas horas y jornadas lejos del hogar, al miedo y a la angustia, a la incertidumbre, a las alegrías y a los fracasos que arrastran todas las investigaciones. Con el presente libro, en suma, además de destapar casos inéditos de encuentros con los ocupantes de los ovnis, pretendo asomar al lector a lo más escondido del corazón de un investigador. Quiero que los escépticos y los estudiosos y los que se oponen a la existencia de los «no identificados» compartan conmigo —como un compañero de viaje— las mil dificultades de la búsqueda de los testigos y de la reconstrucción de los encuentros. A lo mejor, con un poco de suerte, tanto los escépticos como los enemigos del fenómeno ovni descubren al final del camino que estas investigaciones son mucho más serias y exhaustivas de lo que siempre han creído.

Por razones puramente «técnicas», como irá desvelando el lector, este volumen contempla un primer puñado de casos, de los cuatrocientos prometidos. Un racimo de casos —inéditos en su mayor parte— que tendrán oportuna continuidad en futuros libros. También observará el lector que en este primer trabajo no incluyo «encuentros» ocurridos en los archipiélagos balear y canario y en Cataluña. La razón es muy sencilla y ha sido largamente sopesada. La riqueza y espectacularidad de casos en dichas regiones es tal que he preferido dedicar varios trabajos monográficos a las investigaciones practicadas por mí en tales zonas. Pido de antemano disculpas a los testigos y habitantes de las islas y Cataluña.

Por supuesto, y antes de proseguir con los «encuentros»

propiamente dichos, debo señalar al lector que esta muestra de cuatrocientos casos (una de las más numerosas de Europa), está sirviendo en la actualidad a un nutrido y eminente grupo de científicos para intentar «sacar conclusiones» en lo que a la anatomía, reacciones, comportamiento, etc., de los seres o tripulantes que han sido observados en la península y archipiélagos españoles se refiere. Estos análisis y estudios —llevados a cabo, como digo, dentro del más puro rigor científico— serán ofrecidos como epílogo de esta extensa obra sobre los «pilotos de los ovnis» en nuestro país.

Y hago saber al amigo lector que, aunque muchos de estos «encuentros» se presenten rotundos y definitivos, lo que investigadores de campo como yo podamos ofrecer no es otra cosa que «la punta del iceberg» de una realidad física, honda, invisible a veces y arcana siempre, que siempre ha flotado sobre esta humanidad. Se engañan quienes creen que detrás del fenómeno «OVNI» sólo hay máquinas o exploradores de otros universos. Aquellos que no lo han intuido aún podrán comprobarlo a lo largo de estos cuatrocientos «ejemplos». Estoy seguro.

Y antes de rematar este breve paréntesis, permítanme una minúscula vanagloria. Como decía el desaparecido Manuel Osuna —el «número uno» de los ovnis en España—, «nosotros, los investigadores de campo, somos notarios de una historia que sólo el futuro sabrá valorar en su justa medida».

Estoy convencido también de que este esfuerzo permanente por salvar del olvido casos de avistamientos, aterrizajes o encuentros con ovnis y sus tripulantes dará sus frutos... en los siglos XXI o XXII. Serán nuestros hijos o nietos o tataranietos —o vaya usted a saber— quienes comprendan y valoren este trabajo de unos «locos pioneros». Lo sé y no me importa: los ufólogos de campo construimos para una humanidad más imaginativa.

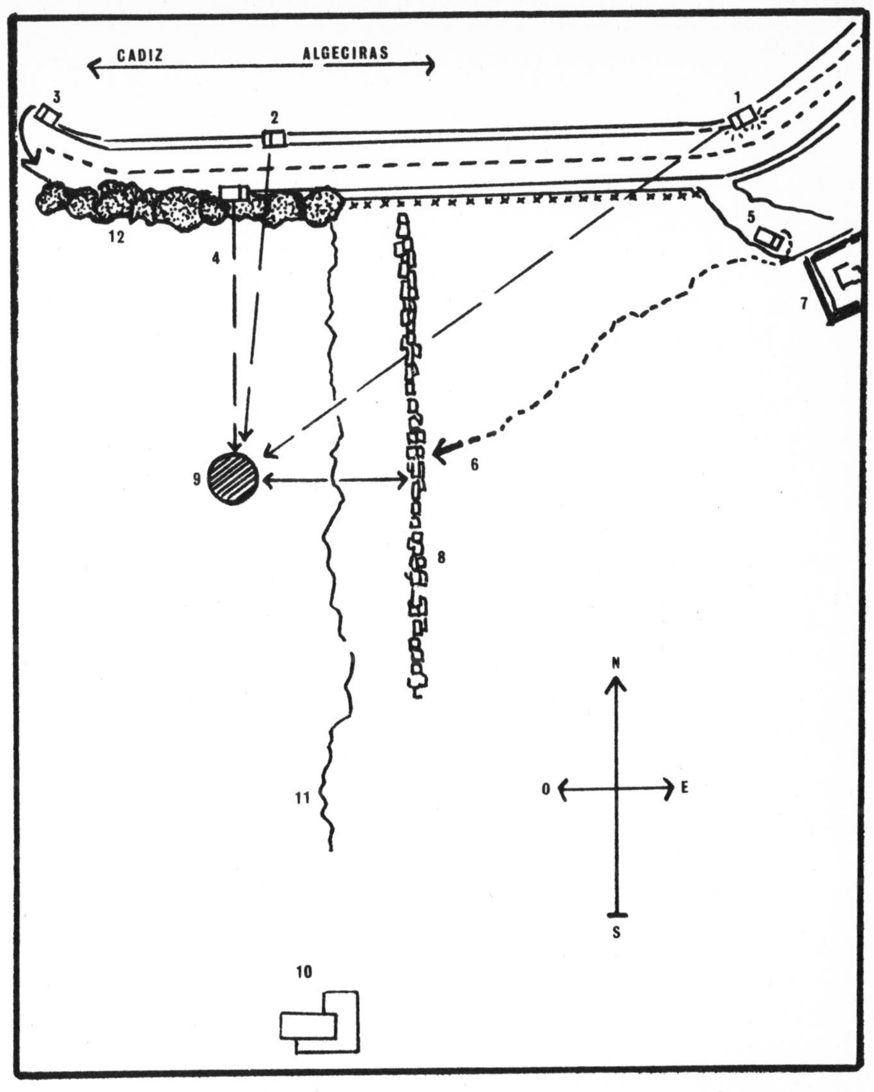

1, final del carril lento; el testigo descubre las luces del ovni. 2, primera parada de la furgoneta. 3, la Ebro hace el giro. 4, segunda parada; Juan González Santos desciende de la furgoneta y observa el ovni entre las ramas de los eucaliptos. 5, el testigo aparca al pie de la antena de Radio Algeciras. 6, recorrido campo a través. 7, caseta de las instalaciones de la emisora. 8, pequeño muro de piedra. 9, situación del ovni. 10, cortijo "Marchenilla" (a un kilómetro del punto de aterrizaje). 11, torrentera. 12, hilera de eucaliptos.

Juan González Santos había avanzado poco más de cincuenta pasos en dirección al ovni cuando un murete de piedra le obligó a detenerse. Estaba a unos 25 metros de un aparato semiesférico, posado sobre el irregular terreno merced a tres patas de tipo telescópico. Aquella inoportuna pared de piedras negras mal apiladas, de un metro escaso de altura, iba a ser el observatorio definitivo del vecino de Algeciras. Porque, aunque el intrépido conductor de la Ebro intentó saltar por dos veces el pequeño muro, con la decidida intención de llegar a las mismísimas narices del objeto, los «propietarios» de la nave no se lo permitieron...

Pero quizá lo más adecuado es conocer las palabras de Juan, con quien he sostenido diversas entrevistas a lo largo de los últimos meses. En todo este tiempo, ni Juan Andrés Gómez Serrano, jefe de la Policía Municipal de Algeciras y experto investigador «de campo», ni yo hemos logrado detectar la más pequeña contradicción en el relato de Juan. Tanto mi buen amigo Gómez Serrano, que fue quien me puso sobre la pista del presente caso, como los familiares y compañeros del testigo, a quienes he preguntado sobre la honradez y solvencia moral de González Santos son rotundos: «Se trata de una persona de toda confianza.» Estas consultas y averiguaciones, aunque la mayor parte de las veces resulten incómodas, son obligadas cuando uno intenta llevar a cabo un trabajo lo más objetivo posible. Debo adelantar, además, en honor a la verdad y en beneficio de la honestidad del testigo, que Juan González Santos jamás pretendió sacar partido económico o publicitario de su singular aventura. Al contrario: fue Gómez Serrano quien, por esas «causalidades» de la vida, supo del «encuentro» de Juan, rogándole que se lo contase. Y el testigo, hombre de evidente bondad natural, accedió sin reservas.

—...Como le venía diciendo —me explicó Juan—, yo tenía ganas de saber qué clase de cacharro era aquél. Así que puse las manos sobre el muro y me dispuse a saltarlo. Pero no pude...

Juan González Santos (a la izquierda) en compañía del gran investigador "de campo" Juan Andrés Gómez Serrano, que muestra a la cámara un dibujo del ovni visto por el vecino de El Cobre.

Juan González junto a los eucaliptos y la alambrada desde donde observó el ovni en su segunda parada. Dibujado sobre la fotografía, el objeto al que se aproximaría minutos más tarde.

—¿Por qué?

—Por la parte superior del aparato salieron dos «torretas» y me tiraron dos o tres «yampás».

(Con su lenguaje elemental, y por lo que pude deducir a lo largo de la conversación, Juan se estaba refiriendo a una serie de fuertes fogonazos o «flashazos», que brotaron de las mencionadas «torretas».)

—El caso es que esas luces me dejaron medio ciego. Y me entró un dolor en todo esto...

El testigo señaló con su mano izquierda la zona de la frente, próxima a las cejas.

—Aquellas «yampás» eran tan fuertes que los ojos me empezaron a lagrimear. Me puse las manos sobre la cara, tratando de recuperar la vista y fijarme bien en aquel aparato. Como le digo, había empezado a sentir un dolor muy intenso por encima de las cejas. Así que no tuve más remedio que pararme y esperar un momento a ver si recuperaba la visión. Pero lo único que lograba ver eran muchas lucecitas o bolas, como cuando usted mira fijamente al sol...

»Y dije para mí mismo: «¡Me cago la mare que parió...! Pero ¿qué es esto?» Me quedé quieto, y al poco, cuando recuperé la visión, traté de saltar por segunda vez. Pero no hubo forma... Aquel cacharro, sea ruso, americano o español o de donde sea, me tiró una segunda «yampá».

»Sentí el mismo dolor en la frente y otra vez aparecieron los «pelotes» luminosos. Estaba clarísimo que los que iban dentro del cacharro no querían que me acercase...

—¿Usted lo interpretó como un aviso?

—¿Y qué otra cosa podía pensar?... Dos veces había intentado salvar la pared para llegar hasta la máquina y en ambos casos me habían tirado las «yampás». Así que obedecí y me quedé quieto, a este lado del muro.

—¿Dice usted que vio a alguien en el interior del objeto?

—Así es. Los vi igual que le estoy viendo a usted ahora mismo.

—¿A qué distancia estaba del aparato?

—Chispa más o menos, a unos 15 o 20 metros. No sé decirle exactamente, porque no me paré a medirlo.

(Posteriormente, como ya he referido, pude visitar la zona y medir la distancia exacta entre el ovni y el muro desde el que se registró la observación. En línea recta sumé 25 metros.)

—Por lo que veo tuvo usted tiempo suficiente para fijarse en el aparato. Antes de pasar a la descripción de los tripulantes, dígame, ¿cómo era ese objeto que estaba aterrizado frente a usted?

Poco a poco, y con el concurso de Gómez Serrano, hábil dibujante, Juan fue marcando las principales características del ovni: forma semiesférica, de unos cuatro metros de diámetro, con tres soportes o patas de tipo «telescópico» («como las antenas de los coches, pero con tramos más gruesos y al revés», aclaraba Juan). A causa de la inclinación del terreno, una de las patas que formaba el trípode aparecía algo más larga que las dos restantes, proporcionando así al habitáculo una posición totalmente horizontal. La altura del aparato, incluido el tren de aterrizaje, podía oscilar —siempre según el testigo— alrededor de los 4 metros en la zona correspondiente a la pata más larga y en unos 3,30 metros en la opuesta. De éstos, 2 metros correspondían a la altura máxima de la nave propiamente dicha. A cosa de metro y medio de la base del citado habitáculo, el testigo vio cinco ventanas circulares. Una de ellas —la que ocupaba la posición central— era mayor que las restantes. Juan calculó el diámetro del ojo de buey en unos cincuenta centímetros. Las otras cuatro aberturas oscilaban entre los 40 o 45 centímetros. (Considero importante señalar que Juan González Santos trabajó desde 1961 a 1972 como marinero en el yate del marqués de Larios. Estos diez años en la mar justifican la comparación de las ventanas del ovni con «ojos de buey».)

Pero detengamos aquí la descripción del aparato. Habrá otras oportunidades para profundizar en ella. Ardía en deseos de saber cómo eran los ocupantes del objeto.

—A mí me parecieron personas humanas —adelantó Juan.

—¿Cuántos vio?

—Cuatro o cinco.

—¿Y qué hacían?

—Uno de ellos, el que miraba por la ventana del centro, parecía vigilar todos mis movimientos. Los demás iban y venían y hablaban entre sí.

—¿Escuchó voces?

—No, pero se les veía gesticular entre sí, como si hablasen.

—¿Cómo vestían?

—Llevaban en la cabeza una especie de casco...

Andrés Gómez Serrano mostró a nuestro hombre una serie de fotografías de astronautas y le animó a que nos dijera si había algún parecido con lo que él vio. Juan observó las láminas con detenimiento e hizo un gesto negativo.

—Los cascos —puntualizó al tiempo que señalaba a uno de los astronautas norteamericanos sobre la superficie lunar— eran más parecidos a los que llevan los que se tiran al fondo del mar.

—¿Submarinistas o buzos?

—Ni una cosa ni otra...

Tanto Andrés como yo quedamos en silencio. A veces, y esto lo saben muy bien los investigadores «de campo», el testigo encuentra serias dificultades para expresarse. Es mejor que él mismo trate de hallar las palabras adecuadas, suponiendo que existan...

—No eran cascos normales —prosiguió Juan—. Parecía como si un plástico les envolviera las cabezas, ajustándose a cada facción. En la parte de la cara, por ejemplo, el cristal o plástico o lo que fuese tomaba la forma de la nariz, de las mejillas o del mentón...

—¿Y el resto de la indumentaria?

—Yo sólo los vi de esta parte para arriba... —Juan colocó su mano sobre el esternón—. Lo poco que pude ver era de color marrón...

El testigo volvía a tener dificultades a la hora de precisar qué tipo de marrón. Estos problemas son lógicos si tenemos en cuenta que los protagonistas de estos encuentros cercanos apenas si disponen de tiempo y, lo que es más importante, tienen que describir a seres y objetos absolutamente desconocidos. En estas circunstancias —supongo—, la capacidad de retentiva y de comparación con cosas conocidas se ve sensiblemente mermada.

—Era un marrón dorado —concluyó Juan—, pero no sabría decirle qué clase de material formaba aquel traje.

—¿Les vio usted la cara?

—Sí, claro. Y eran idénticos a nosotros.

—¿También los ojos?

—Bueno: yo no pude distinguir el color...

La nave lanzó fuertes fogonazos sobre el rostro del testigo. (Dibujo realizado siguiendo fielmente las descripciones de Juan González Santos.)

"Saqué un cigarrillo y traté de encenderlo. Pero fue imposible."

—Me refiero a la forma.

—Igual que nosotros. Ya le digo que parecían personas.

Juan, según sus descripciones, no observó orejas ni cabello. Aquel uniforme de color marrón dorado cubría por completo a los tripulantes, excepción hecha del rostro, que aparecía protegido por un material transparente y perfectamente ajustado a los rasgos de la cara. Fue al contemplar al personaje que le vigilaba desde el ojo de buey central cuando el testigo se dio cuenta que llevaba como unos «auriculares» o «cascos», a guisa de orejeras.

Así permaneció Juan por espacio de diez a quince minutos. Él no perdía de vista a los tripulantes de aquel «cacharro» y, evidentemente, el individuo de la ventana central tampoco le quitaba ojo de encima.

—¿Y usted qué hizo?

—¿Qué podía hacer? Soy muy curioso, pero no tonto. Estaba claro que no querían que traspasase la pared. Así que me quedé allí. Saqué un cigarrillo y traté de encenderlo. Pero fue imposible.

—¿Por qué?

—No hubo forma de prender el mechero.

—¿Estaba estropeado?

—No. Era uno de esos Bic que se tira cuando se ha terminado el gas. Lo intenté una y otra vez, pero fue inútil. No encendía. Y en eso estaba cuando, de pronto, vi bajar una escalerilla. Era también «telescópica» y de un color metalizado, como el del aluminio. Me quedé inmóvil, esperando que bajase alguno de aquellos seres, pero no pasó nada. La presencia de la escalerilla me animó e intenté saltar nuevamente la pared, pero recibí una nueva «yampá».

—¿Hubiera entrado en el ovni?

—Yo sí —respondió Juan con una seguridad que no dejaba lugar a dudas—. En aquel momento pensé que se trataba de americanos...

—¿Por qué se detuvo entonces?

—¡Hombre!, porque aquellos fogonazos eran más fuertes que mi ánimo...

—Dice que vio bajar la escalerilla...

—Sí, y la escuché también. Lanzó un ruido, como si fuera un chorro de aire...

—¿Notó si desaparecía alguno de los tripulantes en el momento del descenso de la escalerilla?

Por dos veces, Juan intentó saltar este mismo murete
de piedra. Pero los ocupantes del ovni se lo impidieron.
Al fondo, el cortijo "Marchenilla".

Ovni fotografiado en Italia en 1963. Presenta un gran parecido
con el observado por Juan González Santos
en Algeciras, en especial en lo que a las patas de tipo
"telescópico" y a la escalerilla se refiere.

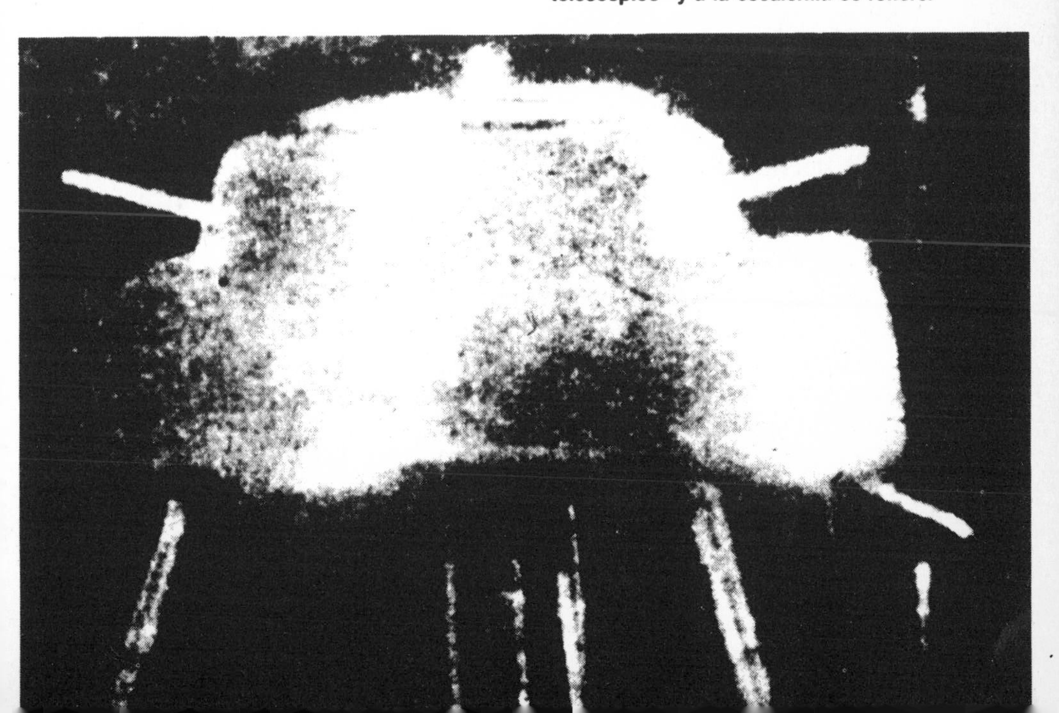

—Creo que no. Al menos yo no vi bajar a ninguno. El del centro seguía mirándome y los otros continuaban de un lado para otro. Hubo un segundo tipo, el que estaba en la ventanilla de la derecha, que no me observaba constantemente, pero sí permaneció todo el tiempo en el mismo lugar. Éstos fueron los únicos que parecían ocupados en el manejo de algo. El resto, como le digo, se movía de un lado a otro y conversaba entre sí.

—¿Eran movimientos normales?

—Pues sí.

Juan caminó unos pasos a lo largo del muro de piedra, siempre con la mirada puesta en el objeto y en sus ocupantes, y a los pocos minutos escuchó de nuevo aquel sonido que había precedido a la aparición de la escalerilla. Ésta se introdujo por la base del ovni y, a los pocos segundos, el trípode hizo lo mismo.

—El aparato se quedó inmóvil sobre el suelo. Aquello me extrañó aún más...

—¿Por qué?

—Porque no vi nada que lo sustentara. Las tres patas habían entrado a la misma velocidad y, sin embargo, el objeto no se había movido de su sitio. ¿Cómo podía ser aquello?

Inmediatamente, el ovni comenzó a elevarse y, cuando se encontraba a unos 20 metros, se dirigió hacia la sierra y desapareció en un santiamén. Cuando le pregunté a Juan si había escuchado algún ruido, el testigo lo negó en redondo.

—Sólo noté una especie de resoplido, como si expulsara aire.

No tuve valor para interrogar a Juan sobre la posibilidad de que hubiera visto un helicóptero. Sinceramente, el simple hecho de pensarlo se me antojó casi ofensivo para su inteligencia. Por otra parte, tal y como comprobaría días después, en el lugar quedaron las huellas de un artefacto que nada tenía que ver con un helicóptero.

A lo largo de mis sucesivas entrevistas con el testigo, una cosa había quedado muy clara: Juan no mentía. Juan había permanecido un cuarto de hora frente a un aparato desconocido, en cuyo interior se movían unos seres provistos de extrañas escafandras.

Poco a poco, conforme fui ganándome la confianza del testigo, nuestras conversaciones resultaron más sosegadas y, como era de esperar, brotaron nuevos datos. Así, por ejemplo, supe que Juan González Santos había retenido en su memoria un no menos enigmático dibujo o emblema que aparecía bajo el ojo de buey central. Tras varios intentos, el testigo plasmó en mi diario un signo relativamente conocido: una doble zeta, muy parecida a la cruz gamada. Sobre el brazo inferior de este símbolo, Juan descubrió también otros signos, totalmente indescifrables para él. «No sabría decirle si eran letras o números...»

Aquel dibujo, obviamente, tenía que significar algo. ¿Quizá el lugar de origen de la nave? ¿Quizá un indicativo individual del aparato, tal y como ocurre con nuestros aviones y helicópteros? A la vista de los ya numerosos emblemas y signos que han sido vistos a lo largo y ancho del mundo sobre el fuselaje de los ovnis, no estaría de más que un equipo de especialistas en lenguas antiguas se dedicara al estudio de los mismos. Algo me dice que quizá por ese camino pudiéramos encontrar un poco más de luz en este complicado fenómeno. Pero sigamos con el espectacular caso de Algeciras.

Recuerdo que en una de aquellas largas entrevistas, Andrés Gómez Serrano se esforzaba en mostrar a Juan las fotografías y dibujos sobre ovnis, que el inquieto investigador «de campo» gaditano había ido ordenando en los últimos años. Y al llegar a la imagen de un objeto fotografiado en 1963 en las proximidades de la localidad italiana de Genes, el testigo exclamó:

—Así, así era lo que yo vi...

Aunque Gómez Serrano y yo habíamos escuchado hasta la saciedad las explicaciones del testigo, la verdad es que ninguno de los dos habíamos caído en la cuenta del gran parecido existente entre el ovni descrito por Juan y aquella fotografía en blanco y negro. Como podrá apreciar el lector en la imagen que se ofrece en estas mismas páginas, el objeto captado en 1963 presenta también tres patas o soportes de tipo «telescópico» y una escalerilla que desciende hasta el suelo. Cuatro años más tarde, y en la zona del Cáucaso, otros testigos aseguraron haber visto un ovni «gemelo» al que fue fotografiado en Italia y cuya imagen fue remitida al periódico *Domenica del Corriere* con fecha 23 de junio de 1963. Un boceto del objeto que fue visto en el Cáucaso —y que, en efecto, guarda un gran parecido con el fotografiado en Genes— fue mostrado a millones de telespectadores soviéticos el 10 de noviembre de 1967 por el prestigioso investigador Zigel. Ni que decir tiene que Juan González Santos no había visto jamás la fotografía del ovni «italiano». Y aunque precisó que la parte superior del ovni que aparece en dicha foto no era igual a lo que vio, el conjunto —y especialmente el trípode de sustentación y la escalerilla— parecían «calcados».

Al insistir en la forma y funcionamiento de estas piezas del ovni, el testigo subrayó siempre que ambos —escalerilla y «patas»— parecían funcionar por un mismo procedimiento: como si el trípode hubiera sido recogido por un sistema eléctrico o hidráulico, silencioso y muy rápido. Juan llegó a contar unos siete peldaños, con una anchura aproximada de 50 centímetros. Tanto el final de la escalerilla como el trípode aparecían rematados por una especie de cazoleta, del mismo color metalizado que el resto de la nave.

—Por cierto, ¿de qué color era el aparato?

—Blanco.

—¿Brillaba?

—No, lo único que reflejaba el sol eran los remaches que llevaba la ventana grande a todo su alrededor. Ese ojo de buey tenía por delante una especie de cristal que giraba en el sentido de las agujas del reloj. Yo no sé si sería una protección o qué...

—No le entiendo. ¿Vio un segundo cristal?

—Sí, y giraba a mucha velocidad sobre el que estaba fijo. Era fácilmente distinguible no sólo por la velocidad, sino porque, además, parecía estar sucio, y eso le hacía resaltar sobre el cristal fijo.

—¿Vio usted toberas o salidas de gases?

—No, señor. Cuando el aparato se elevó sólo escuché ese resoplido, como cuando se expulsa un chorro de aire.

—¿Levantó polvo?

—Tampoco. El terreno estaba húmedo por las lluvias...

—¿Percibió algún olor?

Juan dudó unos instantes.

—Yo diría que había un olor a quemado... ¿Usted ha entrado alguna vez en el metro?

Asentí.

—Pues algo parecido a ese tufo a cables quemados.

—Pero ¿vio fuego?

—No, ni llamas ni humo. Aquello despegó limpiamente.

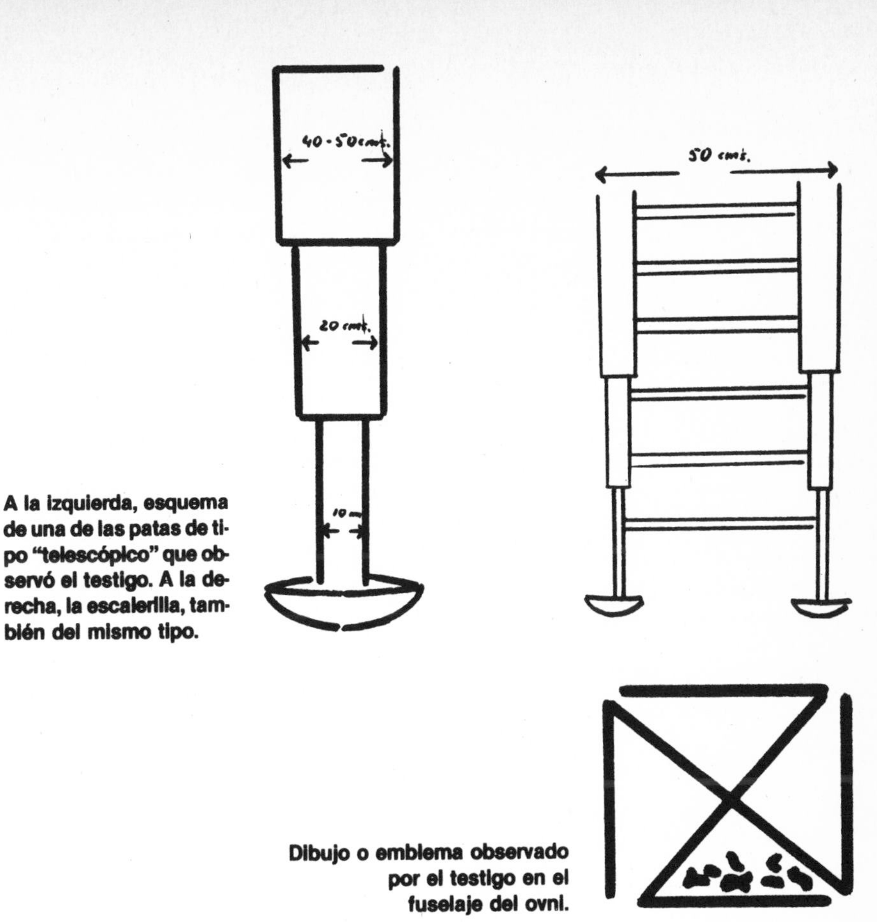

A la izquierda, esquema de una de las patas de tipo "telescópico" que observó el testigo. A la derecha, la escalerilla, también del mismo tipo.

Dibujo o emblema observado por el testigo en el fuselaje del ovni.

1, situación de la furgoneta en la segunda parada, junto a los eucaliptos. El ovni se encontraba a 50 metros de la carretera. La inclinación del terreno en aquel paraje viene a ser de cuatro a cinco grados.

Durante algún tiempo permanecí absorto en aquel dibujo que el testigo había visto en la zona baja del fuselaje del ovni. ¿Qué querría decir? ¿Por qué precisamente esa especie de cruz gamada? Mis sucesivos intentos en pro de un mayor esclarecimiento de los signos que aparecían prácticamente encerrados entre los brazos inferiores de la doble zeta fueron inútiles. A pesar de la corta distancia, Juan no había logrado retenerlos. Personalmente creo que este lapsus obedeció en buena medida a la acusada falta de formación cultural del testigo. Juan no recibió jamás estudios, y todo cuanto sabe y conoce (que no es poco) se debe a su aguda inteligencia natural, así como a su experiencia en la vida.

—Lo único que recuerdo —concluyó Juan— es la forma de la doble zeta y que estaba pintada en negro. Al menos resaltaba con este color sobre el blanco del aparato.

- Hablando de colores, ¿de qué raza podían ser los ocupantes del ovni?

—A mí me parecieron blancos, aunque con la piel muy tostada.

—¿Diría usted que son habitantes de este mundo?

—No sabría qué decirle...

—¿Cuál es su opinión sincera?

—¡Hombre!, el aparato era muy raro... Y también las escafandras.

—¿Podían ser rusos o norteamericanos?

—No lo creo. ¿Qué podían hacer allí, en mitad del campo? Además, yo no sé de ningún aparato terrestre que sea capaz de moverse sin ruido y, además, que pueda desaparecer de la vista.

—¿Desaparecer?

—Sí; cuando el objeto se elevó, tiró hacia la sierra y desapareció.

—No termino de entenderle: ¿se alejó o desapareció de repente?

—Desapareció.

Una vez concluida su «aventura», Juan regresó a la furgoneta y prosiguió su viaje hasta el Mesón Sancho.

—¿Y no se acercó usted al punto donde estaba posado el objeto?

—No, señor.

—¿No sabe entonces si quedaron huellas?

—No.

Juan González Santos (a la izquierda) y Francisco Peña, en los lugares donde fueron descubiertas dos de las huellas del trípode del ovni. La tercera huella (a la derecha) aparece marcada con unas ramas y la bolsa de las cámaras de J. J. Benítez. La fotografía está tomada desde la barrera de eucaliptos existente junto a la carretera nacional.

Juan González Santos y Francisco Peña muestran las dos hojas que fueron aplastadas por una de las patas del ovni y que conservaban aún la curvatura del "tren de aterrizaje" de la nave.

—¿Es que no ha vuelto a ese campo?

—¿Para qué iba a hacerlo?

En el fondo tenía razón. Pero, a pesar del tiempo transcurrido, le rogué a Juan González Santos que me acompañara hasta el cortijo «Marchenilla». A veces, cuando el testigo regresa al lugar donde se han producido los hechos, el simple roce con el paisaje saca a flote otros detalles y pormenores que habían permanecido olvidados. Por aquellas fechas, yo tenía mi «base de operaciones» en Barbate, a una hora escasa de Algeciras. Así que concerté una nueva cita con Juan. Estaba dispuesto a reconstruir todos y cada uno de los pasos que había dado el testigo en aquella jornada de marzo de 1981. Juan se mostró conforme, y a los pocos días, en una calurosa mañana, nos pusimos en marcha.

Yo había pedido al conductor de la furgoneta que repitiera el mismo camino, así como las paradas. Y en compañía de Francisco Peña Navarro, otro gran aficionado al tema ovni, me situé a corta distancia de la furgoneta verde. La verdad es que habían transcurrido varios meses desde el encuentro de Juan con aquella máquina, y mis esperanzas de hallar alguna huella no eran muy sólidas. Era más que probable que las lluvias o el paso de los animales del cortijo o quizá los arados y tractores hubieran eliminado cualquier vestigio del aterrizaje ovni. Pero no soy hombre que se rinda con facilidad. Me gusta apurar las investigaciones y, como se verá a lo largo de los siguientes casos, comprobar por mí mismo hasta los más insignificantes indicios. Creo que ésta es la clave para avanzar en la maraña ovni.

Con la eficacia que le caracteriza, Juan conectó el intermitente de la izquierda, iniciando así la maniobra de salida del carril de vehículos lentos. Fue precisamente en aquel punto de la suave pendiente de la carretera nacional de Algeciras a Cádiz donde el conductor de la Ebro comenzó a ver las misteriosas luces color «fuego». Me detuve unos segundos en aquel lugar, mientras la furgoneta proseguía su lento ascenso. Más adelante, a la izquierda, se levantaba una barrera de eucaliptos.

Juan había aparcado en el arcén derecho y nos señaló con el brazo la fila de árboles, al otro lado de la calzada. No tardé en situarme detrás.

—Aquí fue donde hice la primera parada —explicó Juan,

sin bajarse del vehículo—. Estuve un tiempo contemplando las luces y después di la vuelta un poco más allá.

El tráfico por aquel punto y a aquella hora era muy intenso. Tanto como podía serlo en la célebre mañana de marzo de 1981. Éste era uno de los aspectos que no terminaba de entender. Si Juan había visto las luces en pleno campo, al otro lado de los eucaliptos, ¿cómo podía ser que el ovni no hubiera sido visto por otros conductores? ¿Cómo es posible que en todo ese tiempo —más de quince minutos— no acertara a pasar por allí una pareja de la Guardia Civil o uno de los habituales Land-Rover de atestados? Si a él le llamó la atención, obligándole a parar y a dar la vuelta, lo lógico es que a otros automovilistas les hubiera sucedido otro tanto.

Observando el campo desde la ventanilla de la Ebro me di cuenta de un detalle que quizá pudiera explicar por qué muchos conductores no llegaran a parar: la situación de Juan en el asiento de la furgoneta era sensiblemente más elevada que la de cualquier conductor de un turismo. Esto, indudablemente, le daba cierta ventaja al propietario de la Ebro. Sin embargo, y por esta misma regla de tres, los camioneros deberían haber observado las luces con mejor perspectiva incluso que el propio Juan. No obstante, ninguno de los numerosos camiones que ruedan por dicha carretera se detuvo. Entraba dentro de lo probable —y la prueba es que Juan no recuerda haber visto a otros testigos— que, aunque el ovni hubiera sido observado por otros transportistas, ninguno se decidiera a parar.

Mientras rumiaba estos pensamientos, el vecino de El Cobre hizo el giro, situándose en dirección a Algeciras y frente por frente a la mencionada hilera de eucaliptos.

—Aquí paré por segunda vez —comentó al tiempo que descendía de la furgoneta.

Juan se encaminó hacia los árboles, señalándome por entre la barrera de ramas y hojarasca el punto exacto donde vio el ovni. Fue entonces cuando recordé la súbita caída del testigo al agarrarse a una de aquellas ramas. Sin mediar palabra, me dediqué a buscar la supuesta rama. Si Juan decía la verdad, y aquél había sido su segundo observatorio, la rama en cuestión no podía estar muy lejos.

Tuve suerte. Juan se había situado justo bajo el desgarro. No voy a ocultarlo: al descubrir que el testigo no había mentido sentí una profunda alegría. Allí mismo, en la aguda cuneta y al pie de los árboles, estaba aún el trozo de rama que Juan había seccionado sin querer. La recogí y examiné el punto de fractura. Todo encajaba. Tal y como pude verificar, aquella rama caída ajustaba matemáticamente con la que acababa de descubrir por encima de nuestras cabezas.

Juan me dejó hacer en silencio. A continuación montó en la furgoneta y, lentamente, sin salirse del arcén, rodó unos 150 metros, hasta aparcar en una explanada que servía de entrada al recinto de las instalaciones de Radio Algeciras. En un principio imaginé que quizá alguno de los técnicos de la emisora pudo haber sido testigo de excepción del aterrizaje. Pero en una consulta posterior supe que aquel repetidor funciona automáticamente.

Antes de emprender el camino hacia el último y definitivo punto de observación, le pedí a Juan que tratara de reconstruir sus pasos de la forma más exacta posible. Y así lo hizo. Avanzó decididamente entre los cardos y espinos hasta detenerse junto al ya conocido murete de piedra. En total, según mi propia medición, el testigo había avanzado unos cien pasos por aquel terreno inculto y despejado.

—Aquí fue donde intenté saltar...

Juan apoyó las manos sobre el muro y me señaló el campo situado al otro lado.

—...Pero aquel aparato sacó las «torretas» y me lanzó las luces.

Con todo tipo de precauciones, Juan, Francisco Peña y yo saltamos la pared. El testigo se adelantó y caminó otros 20 o 25 pasos. Después se detuvo y exclamó:

—No estoy muy seguro, pero el aparato debía estar por aquí.

Aquél era el momento decisivo. No era la primera vez que inspeccionaba un terreno en el que se había posado un ovni. Sin embargo, una fuerte emoción me embarga de pies a cabeza cada vez que tengo la fortuna de vivir una experiencia semejante. Si el testigo no mentía, en aquel lugar se había posado una nave de origen desconocido, presumiblemente extraterrestre. Para un impenitente perseguidor de ovnis como yo, este hecho, lejos de perder valor con el paso de los años, se va convirtiendo en un rito cargado de sensaciones.

Durante algunos minutos, ninguno de los presentes alzó la voz. Las miradas estaban fijas en cada palmo del terreno en una desesperada búsqueda de huellas o de cualquier otro vestigio que ratificase las palabras de Juan González Santos. Éste, a pesar de no haber vuelto al lugar de los hechos, permanecía tranquilo.

No lo recuerdo muy bien, pero creo que fue Paco Peña quien, de pronto, se inclinó y nos señaló un orificio circular. Si estábamos ante una de las huellas del ovni, muy pronto íbamos a saberlo. Juan había dicho que el «tren de aterrizaje» estaba formado por un trípode. En ese caso, y a juzgar por las medidas apuntadas por el testigo, en las proximidades deberíamos hallar otras dos huellas similares.

Pronto apareció un segundo orificio. La forma y profundidad eran muy similares. Y empezamos las mediciones. La distancia entre ambos agujeros circulares era de cuatro metros. El problema estaba a punto de resolverse. Justamente a otros cuatro metros, aproximadamente, deberíamos encontrar una tercera huella. Tras unos minutos de rastreo, un tercer orificio apareció entre la maleza. La distancia de éste a los restantes agujeros era ligeramente superior: 4,20 metros. Al examinar el terreno comprobamos que Juan nos había hecho una descripción muy acertada. El desnivel existente en aquel punto (entre 4 y 5 grados) había hecho que una de las patas de la nave se proyectara unos centímetros más que sus «hermanas», con el fin de lograr así una perfecta horizontabilidad del habitáculo. Esto podía justificar esos 20 o 30 centímetros de más en la tercera medición.

Por más que buscamos, no logramos hallar ni un solo orificio más. Juan estaba seguro que aquél era el punto donde se había posado el aparato, y la verdad es que aquellas tres huellas decían mucho en su favor. Procedimos después a fotografiar y a ultimar las mediciones, levantando los correspondientes croquis y mapas. Cada orificio, de clara forma circular, tenía 10 centímetros de diámetro, por una profundidad máxima de 9, 8,75 y 9 centímetros, respectivamente.

Fue imposible, como digo, encontrar señal alguna de la escalerilla. Era muy posible que la presión ejercida por esta sobre el terreno no fuera tan fuerte como la del trípode. Era lógico. En cuanto a las huellas de las «cazoletas» que —según Juan— remataban cada pata, en una minuciosa observación pudimos comprobar cómo el metal había aplastado y arañado parte del terreno, ocasionando en algunos de los bordes de los orificios unas marcas paralelas que, lógicamente, me apresuré a fotografiar con una de mis lentes de aproximación. En una de las dos huellas que aparecían orientadas hacia el norte, Paco y yo descubrimos también dos largas y estrechas hojas (sin duda de algunas de las matas próximas) que habían sido aplastadas por el «plato» o «cazoleta» de la referida pata. Aquellas hojas, de 30 centímetros de longitud por 2,5 de anchura, seguían allí, en el fondo de la huella, conservando incluso la forma semiesférica de la «cazoleta». Tras fotografiarlas, las extraje con sumo cuidado, procurando que no se quebraran. Puede parecer una minucia, pero estas pequeñas cosas me fascinan. Era sencillamente hermoso tener conciencia de que aquellas humildes y oscuras hojas habían sido presionadas por una nave procedente de otro mundo...

Al despegarlas del fondo del orificio, los allí presentes pudimos comprobar cómo las hojas mantenían la pronunciada curvatura, ofreciendo incluso una tonalidad mucho más clara que la de las plantas vecinas. Parecía como si hubieran sido calcinadas.

En el largo y exhaustivo examen de aquellas huellas pudimos verificar también que las zonas donde las patas habían ejercido una mayor presión correspondían justamente a las de un desnivel más acusado del terreno. Estaba, en suma, ante un cúmulo de pruebas físicas que venían a respaldar el testimonio de Juan, el testigo. Era demasiado retorcido imaginar que aquel hombre sencillo hubiera planeado semejante historia, procediendo incluso a la ejecución de aquellas tres huellas. ¿Es que un falsificador habría tenido en cuenta el desnivel del suelo, procurando que la huella número tres (la que formaba el triángulo isósceles) rompiera la equidistancia en 20 o 30 centímetros?

Ese supuesto defraudador, además, tenía que haberse molestado en calcular el peso de la nave, su inclinación y los ángulos exactos de mayor presión sobre la tierra, siempre de acuerdo con las irregularidades de dicha superficie. Demasiadas molestias..., para nada. Porque Juan González Santos jamás buscó publicidad. Fuimos nosotros, los investigadores de ovnis, quienes —por esas casualidades o causalidades de la vida (el asunto sigue muy poco claro)—

En dos de las huellas, los soportes metálicos de la nave dejaron sendos "arañazos" en el terreno. En la imagen —realizada con un objetivo "macro" de gran aproximación—, y señaladas con la punta de una pluma, algunas de las aristas.

Las tres huellas eran idénticas: 10 cm de diámetro y 9, 8,75 y 9 cm de profundidad.

terminamos por acudir hasta el testigo, forzándolo casi a contar su experiencia.

Y yo me pregunto: ¿qué podrían opinar los científicos que se oponen al fenómeno de los «no identificados» si hubieran podido estar conmigo en las entrevistas con Juan y en el riguroso examen del terreno? Como iremos viendo en los sucesivos y espectaculares «encuentros cercanos» que he ido desvelando, una cosa es la demagogia y otra bien distinta la investigación «de campo»...

Al rematar las mediciones comprobé también que Juan no se había equivocado excesivamente a la hora de calcular la distancia mínima a que había llegado a estar del objeto. En línea recta, y salvando una pequeña torrentera que corre paralelamente al muro de piedra, el testigo había permanecido a poco más de 20 metros de la nave y de sus «refractarios» ocupantes.

Mientras efectuábamos estas indagaciones reparé de inmediato en la existencia de un cortijo, ubicado a un kilómetro del escenario de los hechos. Luego supe que se trataba precisamente de la hacienda «Marchenilla», propiedad de Luis Soto Muñoz. El encalado cortijo destacaba al fondo de la pendiente como el único lugar habitado en aquellos parajes. Y aunque Juan había hablado de cierta neblina que se derramaba por los campos, no descarté la posibilidad de que quizá alguien hubiera visto algo raro desde la casa.

Esa misma mañana tuve ocasión de conversar con Luis Soto en una granja avícola de su propiedad, situada en El Cobre. El hombre no tenía la menor noticia de lo ocurrido en sus tierras y, lógicamente, mostró gran interés. Conocía a Juan González Santos desde hacía años y, al igual que el resto de las personas a quienes pregunté, fue rotundo en su juicio: «Juan es un hombre honrado.»

No contento con estas aclaraciones del propietario de la hacienda, recurrí al guarda del cortijo. José Toscano Orihuela lleva catorce años al frente de las labores y del cuidado del ganado y conoce aquellos pagos como la palma de su mano. Pero el guarda tampoco había visto ni oído nada extraño.

«Si alguien de la hacienda hubiera sido testigo de algo raro —comentó el hombre con toda sensatez—, tenga por sentado que yo lo habría sabido.»

A esas horas de la mañana, sin embargo, el guarda no

permanece en la casa. Lo normal es que salga a caballo y que dedique varias horas a la inspección del ganado vacuno. Casualmente, en marzo de 1981, la zona donde se registró el aterrizaje-ovni no se hallaba cultivada y tampoco era zona de pastos. El ganado estaba disperso por otras vaguadas y repechos más fértiles.

Cuando pregunté en el cortijo si habían detectado alguna anormalidad en el ganado o si, incluso, había desaparecido alguna cabeza, el propietario recordó que quizá lo único extraño fue la presencia, una mañana, de un toro «charolés» con una herida en la paletilla izquierda. A pesar de la gravedad lograron salvarlo, aunque nunca se han explicado cómo o quién pudo atentar contra aquel noble animal.

Aunque hay constancia de cientos de casos de mutilaciones de ganado por parte de los ovnis, en este caso me parece muy arriesgado establecer una posible vinculación entre el «charolés» misteriosamente herido y el descenso de una de estas naves en la referida hacienda algecireña. Lo que sí está claro —al menos para mí— es que Juan González Santos tuvo ante sí, y por espacio de más de 15 minutos, todo un ovni, con cuatro o cinco tripulantes que demostraron «palpablemente» que no deseaban contacto alguno con aquel terráqueo. Reflexionando sobre este particular y sobre el comportamiento de dichos «pilotos» de la nave semiesférica, uno llega a pensar en la posibilidad de que la súbita y obstinada aproximación del testigo pudo arruinar los proyectos de los mencionados ocupantes del ovni. Quizá sus intenciones eran salir del aparato, siempre y cuando no hubiera «moros en la costa»... Pero un inoportuno ser humano pudo dar al traste con semejantes planes. Cabe incluso, a título de especulación, que esos «diálogos» que observó Juan entre los diferentes «humanoides» obedecieran a un cambio de impresiones (quién sabe si a una discusión) para decidir si bajaban o no. Por supuesto, también cabe la hipótesis contraria: es decir, que la inesperada «visita» de Juan a los alrededores del ovni hiciera pensar a los tripulantes en un posible contacto. Sea como fuere, lo que parece seguro es que en algún momento de aquella mutua observación, los propietarios del ovni accionaron el mecanismo de descenso de la escalerilla. Y esto sólo podía significar una cosa: una clarísima intención de descender a tierra. Pero no ocurrió así. Es más: cuando

Juan vio aparecer la escalerilla, trató nuevamente de saltar el muro, recibiendo en ese instante otra serie de «advertencias» luminosas. El testigo las interpretó a la perfección y ya no se movió de su improvisado parapeto. Pero, entonces, insisto, ¿por qué lanzaron la escalerilla? El estudioso o simple seguidor del fenómeno ovni sabe que, en la mayor parte de los casos, los investigadores se enfrentan a un irritante rompecabezas. No sabemos prácticamente nada. No sabemos cuáles son sus intenciones reales, ni tampoco por qué se comportan de forma tan ilógica. (Al menos desde el punto de vista de la lógica humana.) Pero trataré de dejar las conclusiones para el final, suponiendo que sea posible sacar conclusiones...

Lo que sí estaba claro —al menos a la vista de lo sucedido en 1938 en la provincia de Ávila— es que, a pesar del salto en el tiempo y en la geografía, estos seres han empleado y emplean métodos muy similares para mantener alejados a los no menos imprevisibles seres humanos.

Veamos otro ejemplo esclarecedor...

2

Aterrizaje ovni en Ávila o un secreto bien guardado. Verano de 1938 y unos destellos que tiran de espalda. De cómo Mariano Melgar fue saludado por un ser espacial. Unos «pilotos» de Franco un tanto extravagantes. Ni los más corrosivos podrían convencerme de que «aquello» era un Polikarpov. Ahora resulta que los «pilotos» republicanos llevaban antenas en la cabeza y botas de buzo. Donde yo sospecho que aquí hay gato encerrado.

Tras dejar convenientemente señalizado el lugar del aterrizaje, emprendí un nuevo viaje. En mi agenda figuraba un caso igualmente inédito y que parecía guardar cierta semejanza con el que acababa de investigar. Sin embargo, la experiencia me ha enseñado que no puedo prejuzgar ningún avistamiento o aterrizaje ovni si antes no he profundizado en él. Así que, con una abultada carga de escepticismo, salvé los setecientos kilómetros que me separaban de Madrid y concerté una primera entrevista con Mariano Melgar, testigo único de un encuentro sucedido en plena guerra civil española.

—Yo nací en 1931. Debía tener entonces, cuando me sucedió lo que me sucedió, alrededor de seis o siete años. No sabría decirle la fecha con precisión, pero recuerdo que faltaban pocos meses para que terminara nuestra guerra. Era verano.

»Aunque yo había nacido y vivía en Madrid, a los cuatro años, y como consecuencia de la contienda, mis padres me enviaron a Ortigosa, en la provincia de Ávila. Allí estuve con mis abuelos hasta que cumplí los seis o siete años. Por esas fechas, y a causa de los malos tratos que venía recibiendo por parte de una prima, me llevaron a Muñico, a la casa de otros parientes. Allí fue donde presencié aquel aterrizaje tan raro...

Mientras iba desgranando sus recuerdos, mi atención se centró —más que en el relato propiamente dicho— en la personalidad de Mariano. Era asombroso. Aquel fontanero recio y de gran espontaneidad había sido capaz de guardar en secreto —¡y durante 40 años!— su experiencia con un ovni... Mariano, incluso, se había visto sorprendido cuando, a través del teléfono, me presenté y le expliqué que quería conocer con detalles su «aventura». No podía entender por qué tanto interés por algo que había sucedido hacía años. Pero, finalmente, el vecino de Madrid accedió y, como digo, celebramos una primera conversación.

Mariano, conforme fue avanzando la entrevista, se convenció de mi total y sincero interés y terminó por confiarse.

—Yo cuidaba entonces de algunas de las vacas de mis familiares. Y aquella calurosa mañana del verano, a eso de las doce, salí del pueblo, en dirección a un monte próximo, situado a dos o tres kilómetros de Muñico. Conocía muy bien el lugar y sabía que las vacas podían pastar a sus anchas por aquellos prados. Además, muy cerca del bosque nace un manantial de agua fresca y transparente.

»Llegué al bosquecillo y me senté entre los árboles, mientras las vacas comían en una hondonada cercana. Entonces empecé a escuchar un zumbido que atronaba los oídos. Miré al cielo y descubrí un destello luminoso en mitad del azul...

»«¿Qué será eso?», pensé.

»Muy pronto comprendí que se trataba de un aparato redondo, que lanzaba destellos como de plata. Bajó muy cerca del linde del bosquecillo y se posó en tierra. Yo me refugié tras uno de los árboles y me dediqué a espiar.

»Era, efectivamente, un aparato redondo, de unos 15 o 20 metros de diámetro y con una pequeña cúpula en la parte de arriba. Yo debía estar a unos treinta pasos y vi cómo por debajo habían aparecido tres o cuatro patas, Aquel «chisme» llevaba luces de colores a todo su alrededor. Concretamente, en su borde más ancho. Se encendían y apagaban sin cesar... ¡Era un espectáculo precioso!

»En mitad del fuselaje, que brillaba al sol como el aluminio, vi también dos ventanas redondas, como los ojos de buey de los buques.

»Y, de pronto, se abrió una puerta...

Mariano Melgar accedió a mi sugerencia y comenzó a dibujar el aparato en mi «diario de campo».

—Tendrá que disculparme. Ya ve que no soy muy buen dibujante... Aquella puerta se abrió como las de los aeropuertos... Como las que corren lateralmente al cortar la

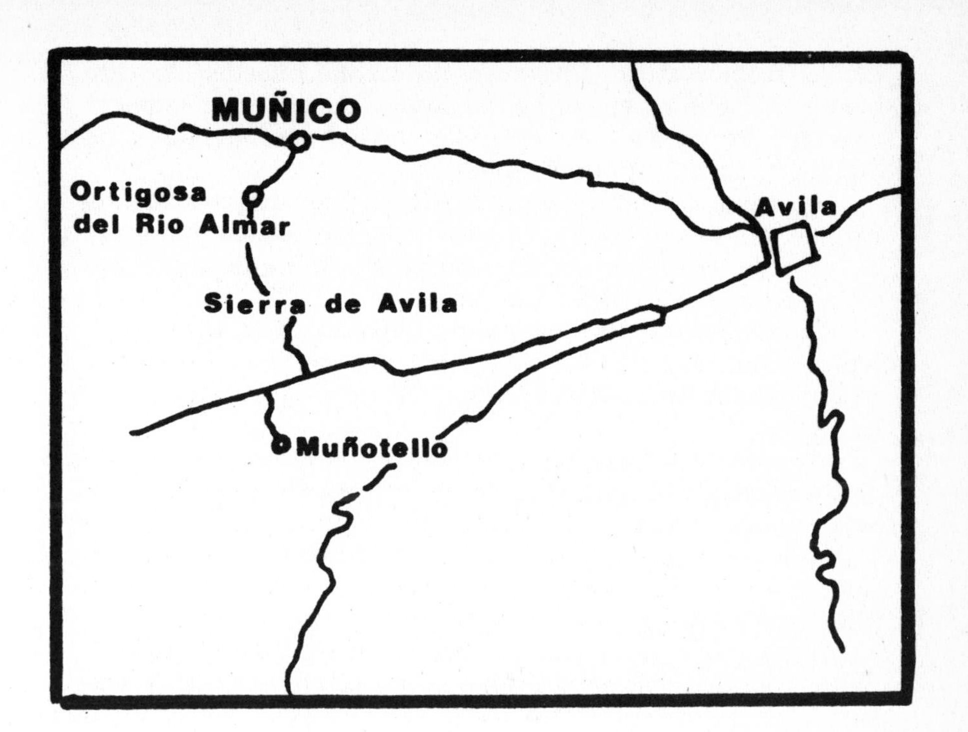
MUÑICO
Ortigosa
del Rio Almar
Avila
Sierra de Avila
Muñotello

célula fotoeléctrica. Entonces no había puertas de esta clase en España, pero el recuerdo que conservo se asemeja a lo que he visto en las entradas de los aeropuertos y de algunos bancos y grandes almacenes.

»Al mismo tiempo que se abría la puerta apareció una rampa, como en cuña, de unos dos metros de longitud. No sé si le he dicho que, al posarse, el objeto dejó de emitir aquel zumbido tan penetrante...

»La rampa quedó a un palmo del suelo y se hizo un silencio total. Agudicé la vista y me di cuenta de que el interior estaba lleno de aparatos... Pero no sabría decirle de qué clase.

»Apenas si habían transcurrido unos segundos cuando vi aparecer por la puerta a un «hombre». Después salió un segundo individuo y, por último, un tercero. Pero mientras los dos primeros caminaron por la rampa y se alejaron unos cinco o diez metros de la nave, el tercero, que era un poco más bajo que los otros, se quedó en el quicio.

Al interrogar a Mariano sobre la altura de los tres ocupantes del ovni, el testigo tomó como referencia las dimensiones de la puerta:

—Salvo el tercero, los dos primeros llegaban casi al dintel. Yo calculo que aquella puerta tendría unos dos metros de altura por otros tantos de anchura.

Hay que aclarar —y Mariano se manifestó conforme con esta precisión— que el sentido de las dimensiones para un niño de seis o siete años es, o puede ser, muy distinto al de un adulto.

—A mí, al menos —prosiguió el fontanero—, me parecieron altos. El caso es que los dos primeros, como le digo, descendieron por la rampa y se dedicaron a recoger algo... No sabría decirle si tierra o plantas. Uno se arrodilló, de eso estoy seguro. Llevaban algo en las manos. Quizá fuera un saco...

»Yo seguía mirando desde la sombra y, quizá movido por la curiosidad infantil, intenté aproximarme a los extraños «pilotos». No había caminado ni cinco metros cuando el que seguía en el quicio de la puerta me lanzó un destello que casi me tiró de espaldas. Aquello me asustó y retrocedí hasta los árboles.

»Los «hombres» seguían con su faena, hablando entre sí, pero con unas palabras que no comprendía.

»Intenté aproximarme al aparato por segunda vez, pero

Dos de los seres abandonaron la nave y se dedicaron a llenar una especie de saco. El niño contempló la escena desde unos árboles próximos.

1, ovni posado en tierra. 2, un tripulante permanece todo el tiempo en el umbral de la puerta de la nave; es el que lanza los destellos contra el testigo. 3, dos ocupantes del ovni descienden por la rampa y se dedican a recoger algo del suelo, quizá tierra. 4, situación del niño Mariano Melgar. 5, manantial. 6, las vacas pastaban a corta distancia, en una vaguada próxima.

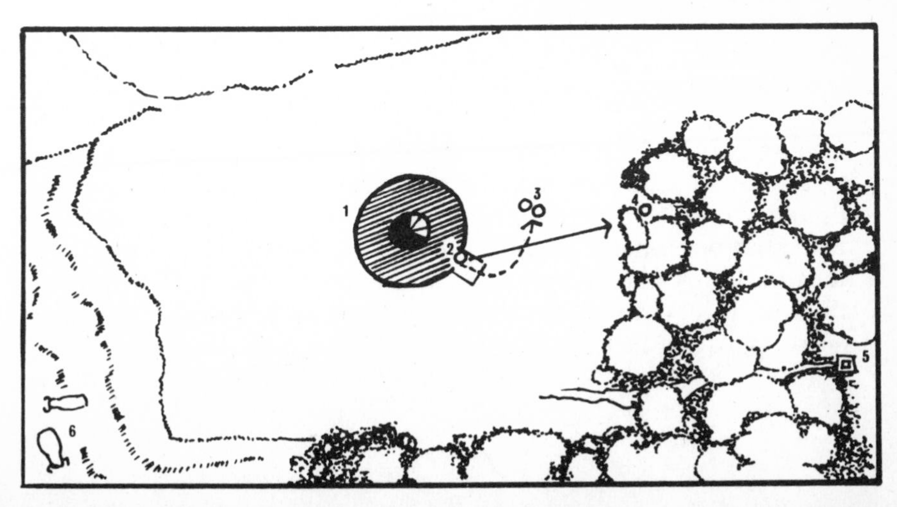

el que vigilaba desde la puerta repitió el destello y me quedé quieto. Esta vez me hizo daño en los ojos...

Según Mariano, el «hombre» que le lanzó los dos fogonazos lo hizo siempre con «algo» que llevaba en la mano o en la muñeca.

—Creo que fue con la derecha. Por supuesto, no tuvo que repetirme la insinuación. Aquel ser no quería que me acercase y obedecí.

»A los diez o quince minutos, los que habían salido del aparato terminaron de llenar el saco, o lo que fuera aquello, y volvieron a la nave. Recuerdo que caminaban muy despacio, con ciertas dificultades...

Cuando le pedí a Melgar que buscara algún símil, el hombre se refirió de inmediato al movimiento de nuestros astronautas en la superficie de la Luna.

—Era igual. Me acuerdo, incluso, que al llenar el saco, sus movimientos eran casi como a cámara lenta.

»Los «hombres» terminaron de entrar y el que había permanecido en el quicio de la puerta se volvió también. Pero, antes de traspasar el umbral, el que me había cegado con aquella potente luz levantó el brazo y me saludó. Fue el típico saludo de alguien que se va...

Mariano, sorprendido primero y asustado después por cuanto había presenciado, pensó que aquellos seres iban a matarle y se agachó, ocultándose tras unos matorrales.

—Desde allí terminé de ver el despegue de aquel objeto. Primero entró la rampa y, acto seguido, se cerró la puerta. Entonces, en segundos, el aparato comenzó a subir hasta unos 50 o 100 metros. Giraba sobre sí mismo y por debajo se le veían muchas luces de colores. Después se alejó en dirección a Barco de Ávila.

Para el niño, «aquel objeto redondo fue asociado entonces a los aviones del general Franco».

—Pero los pilotos me parecieron muy raros... Hoy sé que «aquello» no podía tener ninguna relación con nuestra guerra.

Mariano Melgar tenía razón. Ni durante la guerra civil española, ni siquiera en la actualidad, ha habido potencia alguna capaz de fabricar un «avión» de las características descritas por nuestro testigo. El lector sabe que en aquella década de los años treinta, la Luftwaffe alemana, por ejemplo, que intervino en apoyo de las fuerzas de Franco, probó sobre nuestro territorio muchos de sus aviones, que des-

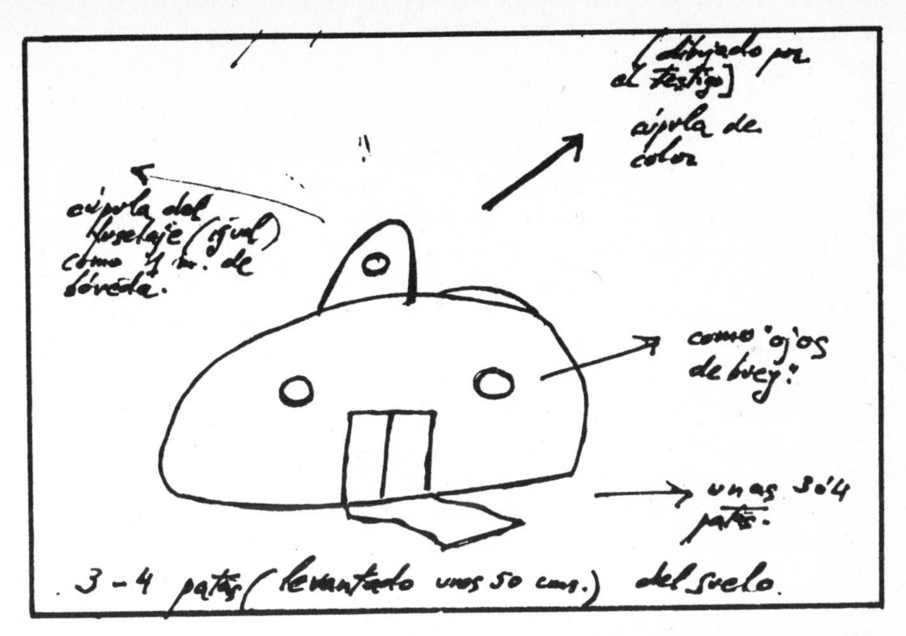

Dibujo realizado por el testigo.

He aquí uno de los modelos más "avanzados" en el verano de 1938 en la contienda civil española: una formación de Ro. 37 bis de la 120 escuadrilla del XXII Grupo O. A., en vuelo sobre la región del Ebro.

pués resultarían de gran utilidad en la segunda guerra mundial.[1] Entre otros modelos destacaron los temidos Stuka, así como una considerable variedad de borbarderos rápidos medianos: el «Do 17» de Dornier, el «He 111» de Heinkel y el «Ju 88» de Junker. También podríamos hablar del «caza» más avanzado del mundo en aquellas fechas: el «Bf 109» de Messerschmitt. Sin embargo, ninguno de estos aparatos tenía forma circular y era capaz de tomar tierra como lo hizo el objeto que vio el muchacho madrileño. ¿Qué avión de aquellos años disponía de un sistema de puertas como el descrito por Melgar? Ni alemanes ni rusos ni norteamericanos habían sido capaces de desplegar una tecnología tan avanzada como la de este objeto, capaz de despegar «en vertical», en silencio y «girando sobre sí mismo».

1. La fuerza aérea española en 1936 era reducida y anticuada. El «caza» principal era el sesquiplano Nieuport NID. 52, de los que quedaban unos 40, formando tres grupos de caza: el número 11, en Getafe (Madrid); el número 13, en Barcelona, y el número 12, en Granada. El tipo de avión con mayor número de unidades en servicio era el Breguet (Br. XIX); un biplano biplaza de reconocimiento y bombardeo, de los que unos 60 quedaron en manos del gobierno. La primera ayuda de Alemania se materializó en 20 aviones Junkers, que llegaron a España antes de que concluyera el mes de agosto de 1936. A continuación irían llegando otros aparatos italianos, alemanes, rusos, franceses, norteamericanos, holandeses, ingleses y checos. En síntesis, las fuerzas aéreas nacional y republicana se vieron incrementadas con los siguientes contingentes: tras la llegada de los 20 Junkers (Ju. 52/3m) desde Alemania, que permitieron transportar con presteza el ejército de Marruecos desde Ceuta a Sevilla, hicieron acto de presencia en los cielos españoles nueve aviones Savoia Marchetti «S. 81» italianos, que protegieron el paso de Ceuta a Algeciras de un convoy de tropas y material bélico, rechazando el ataque de un cazatorpedero republicano.

El gobierno republicano compró en aquellos primeros meses aviones a Francia, Estados Unidos, Holanda, Gran Bretaña y Checoslovaquia, aunque los suministros más importantes llegaron de la Unión Soviética, con un total de 1 409 unidades.

Los primeros 12 Fiat CR. 32 llegaron a Melilla, vía marítima, el 14 de agosto de 1936. Se incorporaron, como los nueve S. 81 llegados el 28 de julio y como los restantes aviones italianos que siguieron, a la aviación del Tercio. A finales de agosto, con la llegada de otros contingentes de CR. 32, se creó en Cáceres el XVI Grupo «Cucaracha», al que siguieron, en abril de 1937, el XXIII «Asso di Bastoni» (As de Bastos) y el VI «Gamba di Ferro» (Pierna de Hierro). Después se crearon el X Grupo Autónomo «Baleari» y la Escuadrilla Autónoma de Caza y Ametrallamiento «Frecce» (Flechas). Una de las más prestigiosas unidades de caza de la aviación nacional, la «Patrulla Azul», fundada en 1936 y al mando del as Joaquín García Morato, utilizó cazas italianos Fiat. Unos 400 «chirris», como se conocía a los Fiat, tomaron parte en la contienda, consiguiendo derribar el mayor número de aviones enemigos de toda la guerra.

Siguieron después los envíos de «IMAM» Ro. 37 bis, empleados

Monoplano Polikarpov I-16, tipo 5, utilizado por los republicanos con gran éxito en la guerra civil. Fue el avión de más elevado techo hasta que los alemanes, con la Legión Cóndor, pusieron en servicio el Messerschmitt Bf 109B. ¿Qué parecido guarda dicho modelo con el ovni observado por Mariano Melgar en el verano de 1938 en la provincia de Ávila?

Dibujo-robot de uno de los tripulantes del ovni que tomó tierra en Muñico. Ha sido realizado por J. J. Benítez, siguiendo las instrucciones del testigo.

¿Qué decir, además, de sus «pilotos»? ¿Es que los aviadores del caza ruso Yakovlev Yak-3 o del inglés Spitfire marchaban «a cámara lenta» fuera de sus aviones?

En cuanto a la aviación republicana, ¿acaso los cazas tipo Mosca, Katiuska, Natacha, Tupolev, Polikarpov (I-15 e I-16) eran redondos?

Ni siquiera los críticos más corrosivos podrían acusar al testigo de Muñico de confundir uno de estos artefactos militares con un ovni de forma circular, con una cúpula en su parte superior.

Y por si todo esto fuera poco, basta con echar una ojeada al mapa de la guerra en aquellas fechas (verano de 1938) para darse cuenta de que los focos más virulentos se hallaban a cientos de kilómetros del centro de la provincia de Ávila. En los meses de julio y agosto del citado año, por ejemplo, las principales incursiones aéreas (por uno y otro bando) se centraban en los frentes de Teruel, Castellón y Extremadura. La provincia de Ávila figuraba desde 1937 en la llamada «España nacional», no habiéndose registrado en ella acciones bélicas aéreas de importancia.

Puede que algún malicioso esgrima aquel otro argumento del helicóptero que toma tierra ante los absortos e ignorantes ojos de un zagal provinciano, incapaz de distin-

---

como aviones de reconocimiento y asalto (eran conocidos popularmente en el bando nacional como «Romeo» y «Cadena») y de Savoia Marchetti S. 79-1, destinados al 111 y 8.º Grupo de Bombardeo Rápido.

En abril de 1937 llegaron los 12 primeros Breda 65, que constituirían la 65 Escuadrilla de Asalto y el XXXV Grupo Autónomo de Bombardeo Rápido. Fueron 17 los Fiat BR. 20 empleados. Los seis primeros llegaron al principio del verano de 1937 y pasaron a formar parte de la 230 Escuadrilla de Bombardeo Rápido. En julio de 1938, con la llegada de nuevas unidades, el XXXV Grupo Autónomo fue reestructurado en dos escuadrillas (230 y 231).

En abril de 1937 entraron en acción nueve aviones Cant Z. 501 de la base de Alcudia, en la bahía de Pollensa. También a Alcudia llegaron cuatro Cant Z. 506 en julio de 1938. En el mismo período aparecieron en España los Caproni Ca. 310, de los que se utilizarían 16 unidades. A mediados del mes de marzo de 1939 empezaron a operar, con base en el aeródromo de Escalona, once Fiat G. 50, pertenecientes a la preserie de 45 ejemplares que constituyeron el Grupo Experimental de Caza. No obstante, llegaron demasiado tarde para entrar en combate. Por último, se enviaron también a España 25 Romeo Ro. 41 y cantidades no precisadas de Caproni AP. 1 y Breda 28.

Entre los últimos días de octubre y primeros de noviembre de 1936 aparecieron en la guerra civil los primeros aviones soviéticos: los veloces bombarderos Tupolev SB-2 y los cazas Polikarpov I-15 e I-16.

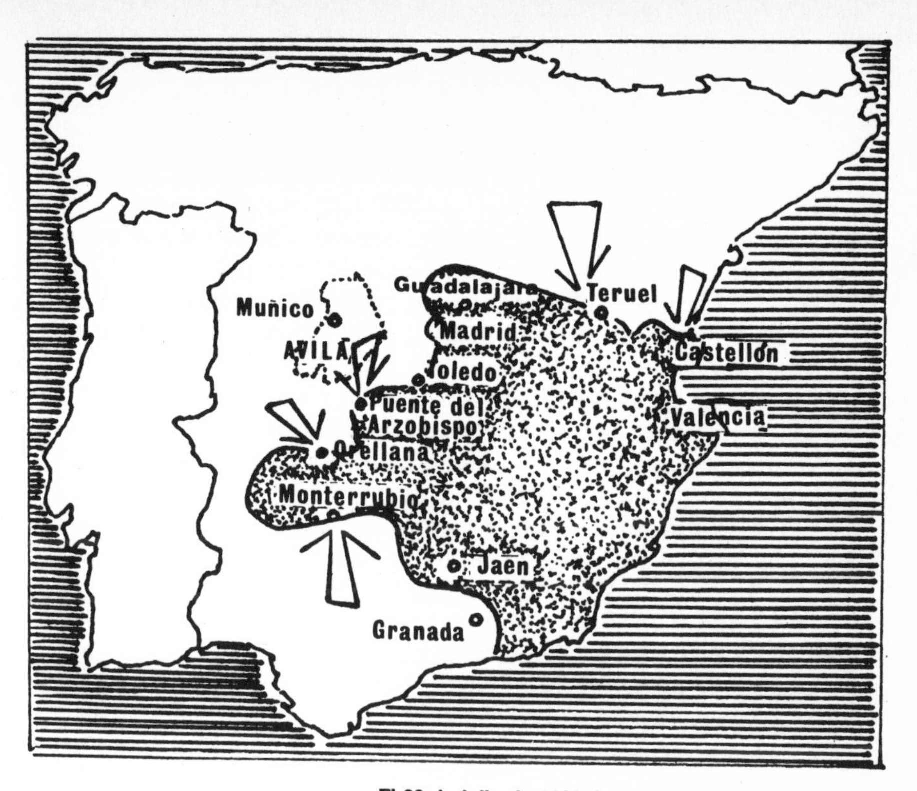

El 23 de julio de 1938, la prensa "nacional" publicaba el siguiente mapa de España, con la situación de los principales frentes de batalla. Las flechas marcan los más virulentos focos de guerra.

Atuendo de un piloto español de cazas republicanos de la 7 escuadrilla de Moscas con base en la zona de Barcelona. En su cazadora de vuelo aparece el emblema de su unidad: "Popeye el Marino".

guir un biplano de un autogiro. A esos mal informados les diré que el primer helicóptero no llegó a España hasta 1940; es decir, hasta después de la guerra civil. Su destino, además, fue Guinea Ecuatorial. (Si alguien desea más información puede dirigirse al hoy general Baldrich, el primer piloto de estos artefactos en nuestro país.)[2]

He dejado para el final —con toda intención— la descripción de la indumentaria de los seres que vio Mariano Melgar López.

—Los tres vestían igual. Llevaban una especie de escafandra o máscara, casi cuadrada, con una pequeña antena en lo alto de la cabeza. Sus trajes parecían de una sola pieza y de un color como el de la plata, pero algo más oscuros. Los pantalones estaban recogidos dentro de unas botas, a la altura de las espinillas. Tenían cierta semejanza con los bombachos, aunque menos acusados.

»En cuanto a las botas, me llamaron la atención por lo grueso de las suelas. Eran enormes... ¿Usted ha visto las que llevan los buzos? Pues algo parecido. Tenían el mismo color que el traje.

El testigo vio también cómo los extraños «pilotos de

2. Con el fin de puntualizar al máximo este aspecto de la cuestión, a principios de 1983 me dirigí por escrito a mi buen amigo el coronel don Emilio Dáneo Palacios, jefe de la Oficina de Información, Difusión y Relaciones Públicas del Cuartel General del Ejército del Aire. Con fecha del 24 de febrero de ese mismo año, el coronel me remitía una amable carta en la que, entre otras cosas, me decía lo siguiente: «... En contestación a su carta del 17 de febrero, donde solicita información acerca de los primeros pilotos de helicópteros, le comunicamos que, según nuestros datos, éstos fueron el comandante don Ricardo Ferrer y Fernández de Celaya y el capitán don Dionisio Zamarripa Bengoa, como así consta en el reportaje de la Escuela de Helicópteros, cuya copia le adjuntamos...»

En efecto: en el citado reportaje de la revista *Aeronáutica y Astronáutica*, y firmado por el teniente coronel don Jaime Aguilar Hornos, se dice textualmente: «En toda historia suele existir una prehistoria. Respecto a la concerniente a la Escuela de Helicópteros, los antecedentes se circunscriben a la designación del comandante don Ricardo Ferrer y Fernández de Celaya, acompañado del capitán don Dionisio Zamarripa Bengoa, para realizar un curso de helicópteros, en marzo de 1954, de diez semanas de duración en Edwar Gary ABF, próxima a San Marcos (Texas), ya que el Ejército del Aire español carecía de pilotos de esta especialidad.»

Para aquellos que deseen una más amplia información sobre helicópteros en general, les remito a la siguiente bibliografía: *Operatividad y economía del helicóptero*, de Ángel García-Fraile Gascón (1981); *Helicópteros*, de César Llorente Barbes, Ministerio de Marina; *Los helicópteros*, de Henri Beaubois, Buenos Aires, 1958, y *Helicopters and Autogyros of the World*, de Paul Lambermont, Londres, 1970.

Atuendo de alférez de la fuerza aérea republicana en la guerra civil. Traje reglamentario de vuelo, de cuero, con pistola enfundada Astra, automática. Una cremallera aparece a todo lo largo del costado de los pantalones.

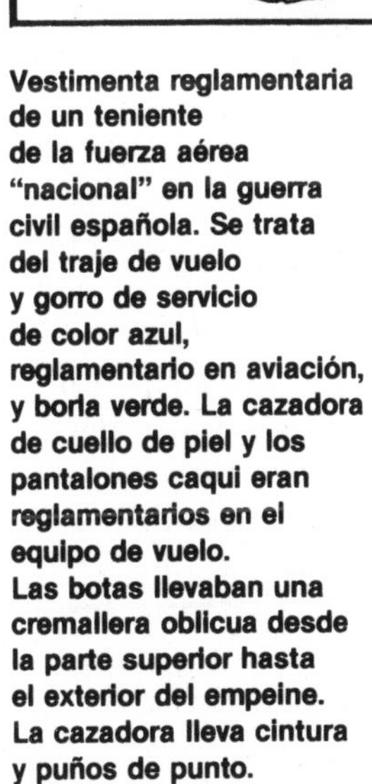

Vestimenta reglamentaria de un teniente de la fuerza aérea "nacional" en la guerra civil española. Se trata del traje de vuelo y gorro de servicio de color azul, reglamentario en aviación, y borla verde. La cazadora de cuello de piel y los pantalones caqui eran reglamentarios en el equipo de vuelo. Las botas llevaban una cremallera oblicua desde la parte superior hasta el exterior del empeine. La cazadora lleva cintura y puños de punto.

Piloto "Oberleutnant" de la Legión Cóndor alemana (1939) con el uniforme de servicio de dicha unidad.

Franco» se cubrían las manos con guantes o manoplas y cómo en la cintura portaban una faja o cinto más ancho de lo normal, con «algo» raro en el centro.

—En ningún momento vi carne o zonas descubiertas. Los ojos aparecían en el interior de sendos orificios, aunque no llegué a precisar su forma o color. Ya le digo que llevaban como una máscara que ocultaba sus facciones, aunque sí noté el abultamiento de la nariz y dos protuberancias a los lados de la cabeza, justamente en la parte de las orejas.

Al arrodillarse, Mariano observó parte de la espalda de uno de los tripulantes del ovni...

—Llevaban otra antena, aunque no sabría decirle de dónde salía. En esos minutos, mientras los dos seres se dedicaban a recoger tierra o hierbas, escuché que hablaban entre sí. Pero no entendí nada. Era un «glugluteo»...

En cuanto al supuesto «saco» y a la recogida de plantas o de tierra, el testigo sólo recuerda que la «operación» fue llevada a cabo con toda tranquilidad.

—Desde luego, aquellos seres no demostraban prisa o preocupación algunas. Bajaron de la nave, se inclinaron, llenaron el saco o lo que fuera y, cuando estimaron que habían terminado, dieron media vuelta y se fueron.

»Me quedé muy asustado. Estábamos aún en plena guerra civil y, como le comentaba antes, pensé que podía tratarse de aviadores. De todas formas, se lo dije a mi primo. Pero el asunto se olvidó muy pronto.

»Yo volví naturalmente al lugar, pero no vi nada raro, excepción hecha de un círculo de hierba que aparecía quemado. Aquél había sido el lugar donde se había posado el aparato.

Partiendo de la base de que el testigo dice la verdad —y esos cuarenta y tantos años de silencio son un importante dato a su favor—, cualquier observador imparcial tendrá que reconocer conmigo que la vestimenta de los ocupantes, así como las características de la nave que descendió y ascendió verticalmente en los montes de Ávila, nada tienen que ver con los trajes de los aviadores de 1938 o con la forma de sus aviones y muchísimo menos con el sistema de navegación de aquella época. (Ni tampoco de la actual, añadiría yo.)

Ningún piloto de los años treinta necesitaba de escafandras o máscaras como las que describe Mariano Melgar y mucho menos de un doble sistema de antenas o de botas «de buzo». ¿Para qué todo ese despliegue tecnológico si los aviones difícilmente podían alcanzar los 500 o 700 kilómetros por hora? (Conviene recordar que en los años de la segunda guerra mundial, los cazas más rápidos consiguieron mejorar de 575 a 865 kilómetros por hora. El revolucionario caza Messerschmitt Me 262, a reacción, no pudo entrar en servicio hasta los últimos meses de la citada segunda gran guerra. Su velocidad fue todo un récord: 860 km/h.)

Sí encuentro coherente, en cambio, que unos seres extraterrestres, acostumbrados a otro tipo de gravedad, necesiten de trajes y calzado especiales a la hora de abandonar su nave y caminar sobre nuestra superficie. Esos movimientos —como si fuera a cámara lenta— que observó el testigo tenían que obedecer, sin duda, a una sensible diferencia de peso. Al igual que los astronautas norteamericanos se desplazaban sobre la superficie lunar con movimientos ralentizados —fruto de la menor gravedad existente en nuestro satélite natural—, estos tripulantes del ovni que descendió sobre Ávila en 1938 debían de acusar una menor fuerza gravitacional. De no ser así, ¿cómo explicar esos movimientos y la hermética protección de sus trajes?

Por otra parte, ni siquiera en la actualidad se ha logrado un arma como la que utilizó el tercer tripulante. ¿Qué soldado disponía entonces de una «luz» capaz de detener el avance de otro ser humano?

Como vemos —y a pesar de esos 43 años de diferencia entre el caso de Ávila y el de Algeciras—, la «técnica» utilizada en ambos encuentros para evitar la aproximación de los testigos ha sido prácticamente la misma: una potente y enigmática «luz» se «clava» en los ojos del «inoportuno» humano y le obliga a quedarse donde está. No se trata de herir o de hacer daño al testigo. Simplemente se le mantiene a una prudencial distancia de la nave o de los ocupantes de la misma. Y he entrecomillado la palabra «inoportuno» porque, después de tantos miles de kilómetros siguiendo el rastro de estas naves e interrogando a cientos de testigos, uno no sabe qué pensar respecto a las verdaderas intenciones de estos aterrizajes y «contactos». ¿Se trata de avistamientos puramente accidentales y casuales o estamos ante un formidable «plan», perfecta y minuciosamente programado? ¿Qué interés puede tener para unos seres de otro mundo el bajar en las proximidades de un pueblecito perdido en el corazón de una pequeña provincia española... y dedicarse a recoger muestras de tierra o de hierbas absolutamente normales y vulgares? Y, sobre todo, ¿por qué descienden a treinta pasos de un solitario niño que cuida de un par de vacas si podían hacerlo en otros parajes totalmente despoblados? Como iremos viendo en los próximos «encuentros cercanos», esta curiosa circunstancia se repite sin cesar y de forma más que sospechosa...

Pero antes de profundizar en estas reflexiones, bueno será que conozcamos otros casos. Una mayor información puede proporcionarnos elementos de juicio suficientes como para alcanzar —¿quién sabe?— alguna hipótesis más clara y convincente.

Y ya que me encuentro en plena década de los años treinta, quiero brindar al lector otros casos de observación de «humanoides» en aquellos años. Unos casos que, como ya habrá adivinado el estudioso del fenómeno de los «no identificados», no podían estar «contaminados» por lecturas o películas o series de televisión, tal y como viene ocurriendo desde los años cincuenta. Esta apreciación me parece decisiva a la hora de valorar la bondad de dichos «encuentros con tripulantes de ovnis».

3

Aznalcázar: de cómo el señor Mora falleció en la creencia de haber recibido un anticipo del más allá. Pero ¿quién hablaba en 1935 de «platillos volantes»? Informes de Ignacio Mora al amor de la copa. «Mi padre secreteaba con mi madre.» Un ovni en la tertulia. De cómo los seres volaban en torno a un «trompo de metal». Menos mal que el maestro del pueblo era tío de Osuna. Cussac 1967: ¡también es casualidad! Y yo me pregunto: ¿bajaron los hombrecillos voladores en Aznalcázar por culpa de la langosta?

Siempre que paso por Umbrete, en la provincia de Sevilla, me detengo a conversar con mi buen amigo Manuel Osuna. Ahora, tras su fallecimiento, mis diálogos con este pionero de la ufología hispana se han convertido en monólogos cargados de nostalgia y esoterismo, frente a la lápida que cierra su nicho.

Fue en uno de aquellos inolvidables almuerzos, junto a su esposa Antonia, donde Manolo me amplió detalles de un hecho ocurrido en 1935 y del que yo venía escuchando rumores desde hacía años.

Cuando puse el tema sobre la mesa, Manolo, con su envidiable eficacia, salió un instante del comedor y regresó con un folio mecanografiado.

—Aquí tienes todo lo que sé sobre el caso Mora...

Lo leí con atropellada curiosidad.

—Puedes quedártelo. Yo tengo copia.

Y así lo hice. Hoy forma parte de mi considerable archivo sobre la figura, obra, investigaciones y cartas de Osuna. Un archivo que no es otra cosa que diez años de amistad.

Aquel folio reza textualmente:

UN CASO ANTIGUO, ANTES DE 1945

Aznalcázar (Sevilla). 1935; mes de abril

El señor Mora, agricultor, a la sazón ya con hijos mayores. Familia profundamente religiosa; en la actualidad continúa siendo ésta una familia principal del pueblo y varios sobrinos han escalado puestos importantes en la política y en la intelectualidad.

El testigo solía ir diariamente al campo y trabajaba en sus propias fincas, su medio de vida. Una tarde, y como a unos cien metros de distancia, vio bajar como si fuese un globo, que «aparcó» en la finca. De seguida, unos hombres pequeños salieron de «aquello» y, desde el suelo, estuvieron como arreglando algo en la nave. Él estuvo observando un buen rato; mientras iba en aumento su inquietud, lo que le lleva a una rápida determinación: ensilla la caballería y se dirige al pueblo.

Aquella noche, y en la tertulia habitual que formaban en su casa el médico del pueblo, el maestro (un tío nuestro) y el señor Mora, éste contó con toda reserva lo que le había sucedido, de cuyo percance aún no se había repuesto.

En tales fechas, el fenómeno ovni era totalmente desconocido por aquí, por lo que el señor Mora, que se encontraba algo enfermo, supuso que había sido premiado por la Providencia con esta visión celeste, con lo que estaba muy contento, creyéndolo un anticipo del más allá. En esta creencia murió pocos años más tarde.

Sus hijos (viejos amigos nuestros) nos comentaban que al día siguiente del suceso, la prensa trajo la noticia de que una estrella nueva había aparecido. Era de suponer que se trataba de un fenómeno de estrella nova que la agrupación Astronómica de Sabadell llegó a confirmarnos, dejando fechada, así, la observación de tan calificado testigo.

Reporta: Manuel Osuna.

Umbrete (Sevilla)

Por mis conversaciones con Manolo supe que el caso de Aznalcázar era auténtico. El suceso reunía una serie de

El Aljarafe sevillano, una zona
"caliente", ufológicamente hablando.

características que los investigadores valoramos en sumo grado. Por ejemplo: jamás se hizo público. El hecho trascendió a familiares y amigos, pero ahí permaneció. Sólo ahora, 48 años después, y por primera vez, el «encuentro cercano» del señor Mora salta a la luz pública a través de estas páginas. Por ejemplo: como muy bien puntualiza Osuna en su informe, «por aquellas fechas, el fenómeno ovni era desconocido». ¿Quién hablaba en los periódicos de «platillos volantes?» Yo invito a los curiosos o investigadores a que consulten las páginas de los diarios de 1935. Yo lo he hecho y, tras muchas horas de búsqueda, los resultados han sido estériles.

Por último, la experiencia del señor Mora en las cercanías de su pueblo se ha repetido a miles de kilómetros... ¡y 30 años más tarde! ¿Cómo podía inventar aquel agricultor sevillano —muerto en 1953— una historia prácticamente gemela a la registrada en 1967 en la meseta francesa de Cussac? Pero dejemos para más adelante esta «segunda parte» del caso Aznalcázar.

La verdad es que soy un hombre tenaz. Me gusta llegar hasta el fondo de las cosas y en mi trabajo como investigador, esta virtud (una de las pocas que no he malogrado aún) resulta decisiva. Yo había leído una y otra vez el folio mecanografiado que me había ofrecido Osuna y echaba en falta muchos detalles. Mi instinto periodístico me decía que allí faltaban datos importantes...

Así que me puse en camino.

Sabía por Manolo que los hijos del testigo seguían residiendo en la recogida villa de Aznalcázar, situada a poco más de 30 kilómetros de Sevilla, en pleno Aljarafe. Y hasta allí viajé en una fría tarde de invierno.

La casa de los hermanos Mora Colchero, hijos de Manuel Mora Ramos, protagonista del caso que me ocupa, estaba cerrada. Tras golpear varias veces la vetusta puerta de cristal, maldije esta arriesgada costumbre mía de no avisar a las personas que intento visitar. Quizá confío excesivamente en mi buena estrella...

El caso es que allí estaba yo, roto por un viaje desde Vizcaya y con la incertidumbre de si los hijos del señor Mora se hallaban o no en la localidad. Pero no me dejé arrastrar por el incipiente desaliento. Durante poco más de una hora pregunté a los vecinos, en los bares y comercios próximos y, por supuesto, a la Policía Municipal. Nadie supo darme razón del paradero de Francisco o Ignacio Mora. Pero cuando estaba ya al límite, alguien, en un estanco, me anunció que acababa de ver a Ignacio en el mercado.

Volé hacia el lugar y allí me presenté al hijo mayor del testigo. Esos momentos, en mi opinión, suelen ser los más arduos para el investigador. Aunque trates de explicarte con un máximo de claridad y prudencia, el testigo o la persona a quien intentas entrevistar suele quedar desconcertada. Y, lógicamente, se hace mil preguntas:

—¿Quién es este individuo que se interesa por un caso ocurrido en 1935?... ¿Qué pretende?... ¿Será de la policía?

Esta vez, sin embargo, tenía la fortuna de cara. Ignacio Mora, escultor, es hombre de talante liberal y, según pude comprobar, de amplios conocimientos ufológicos. Así que no tuve que dar demasiadas explicaciones. Me rogó que le acompañase a su casa, y allí, al calor de un picón que iba tornándose providencialmente rojo en el fondo de la copa, el hijo mayor de la familia Mora me informó de cuanto sabía...

—Yo tenía entonces unos diez años. Recuerdo que ese día, como en otras ocasiones, él había prometido llevarme al campo. Mi padre acudía casi todas las tardes a una finca llamada «Haza ancha», muy cerca del pueblo. Mi hermano Francisco también quería ir y lo echamos a suertes. Utilizamos el sistema de las pajitas. Total: que me tocó a mí.

»Mi madre sufría de asma y salía al campo con frecuencia. Aquel día la acompañamos hasta las llamadas «Tierras altas». Pero, una vez en la era, escuchamos un tambor. Era la fiesta de la Cruz de Mayo y mi padre nos sugirió que nos quedásemos. Nos dio unas «perras» y él continuó a caballo hacia la finca...

—Disculpe. ¿Dice usted que era la fiesta de la Cruz de Mayo?

—En efecto.

—¿Recuerda en qué fecha se celebraba?

—Era el primer domingo de mayo. De eso estoy seguro. Pero no sabría concretarle el día exacto.

—¿Y qué ocurrió?

—Esa tarde vimos regresar a mi padre un poco antes de lo habitual. Estábamos en casa y mis hermanos y yo notamos cómo secreteaba con mi madre. Pero ninguno podía imaginar lo que había sucedido. Le notamos preocupado y pensamos que le estaban robando el maíz.

»Pero esa noche, en la tertulia que celebraban en casa, mi padre contó al médico, don Enrique Palacios, y al maestro, don Francisco Báez Llorente, «que había visto algo que le había impresionado»...

»Al llegar a la finca vio a corta distancia un objeto con forma de trompo de metal, como el clásico juguete. Él no lo vio bajar. Al parecer, cuando llegó hasta «Haza ancha», aquel objeto ya estaba allí, en una zona que llamamos el cerro de La Torre.

»Se abrieron unas puertas y vio a varias personas alrededor del aparato. Yo no recuerdo si él llegó a describirlas. Lo que sí se me quedó grabado fue que «aquellos seres» volaban en torno al trompo.

—¿A qué distancia pudo estar del ovni?

—Él contaba que relativamente cerca. No sabría decirle, pero quizá a un centenar de metros.

—¿Recuerda si se asustó el caballo?

—Creo que no. Él contaba que estuvo allí un buen rato y que vio, incluso, como aquel objeto subía y desaparecía en el cielo. Pero en la finca no quedaron huellas.

»Algunos de estos detalles los supimos más tarde, cuando mi padre fue confiándose a mi madre.

Aunque, desafortunadamente, tanto el maestro como el médico del pueblo —primeros conocedores del encuentro del señor Mora— ya habían fallecido, no tuve demasiados problemas a la hora de confirmar la personalidad del testigo. Los vecinos de cierta edad a quienes consulté, y que habían conocido a Manuel Mora Ramos, coincidieron con el testimonio que me había facilitado el hijo mayor:

—Era un hombre serio. Jamás mintió. Tenía una sabiduría natural, sobradamente reconocida por sus conciudadanos, que hacía que éstos acudieran a él para pedirle consejo en multitud de pleitos y asuntos propios del campo.

—Mi padre —me confió Ignacio Mora— hubiera sido incapaz de inventarse una historia como la del «trompo y los seres que volaban». Además, ¿para qué? Usted ha podido leer o saber cómo eran los pueblos de Andalucía en aquellos años... Si mi padre se hubiera lanzado a pregonar a los cuatro vientos lo que había visto, seguramente habría tropezado con muchos problemas. Por eso lo contó con gran sigilo y a personas muy escogidas...

Poco más pudo informarme Ignacio Mora. El suceso había quedado en el seno de la familia y, de no haber sido por la presencia en aquella reducida tertulia del tío de Manuel Osuna Llorente, don Francisco Báez Llorente, que fue el primero en ponerle en antecedentes del caso, lo más probable es que el interesante «encuentro» dormiría ahora el sueño de los justos. (A la vista de estas «casualidades», y conforme más avanzo en las investigaciones, más clara aparece ante mí la sospecha de que todo o buena parte del fenómeno ovni parece minuciosamente programado. «Programado» para que alguien —no importa cuándo— se encargue de conocer el caso y, consecuentemente, de difundirlo.)

Tal y como tengo por costumbre, le expuse a mi amable informante mi deseo de visitar el paraje donde sucedieron estos hechos. Pero la noche había caído ya sobre El Aljarafe y tuve que desistir de tales propósitos. Tenía prisa por llegar a la provincia de Cádiz, donde quería investigar otro desconcertante «encuentro con humanoides», y dejé para un futuro inmediato la visita a «Haza ancha».

Aquella noche opté por pernoctar en Sevilla. Y en la soledad de mi hotel, mientras anotaba las experiencias del día, recordé el célebre suceso de Cussac y la gran similitud con lo vivido por Manuel Mora Ramos en el primer domingo de mayo de 1935.

El caso en cuestión fue publicado a lo largo de 1968 por revistas ufológicas tan prestigiosas como *Phénomènes Spatiaux* (número 16), *FSR*, de Londres (en su número de septiembre-octubre del mismo año), y *LDLN*, de Francia (número 90). Quiero decir con todo esto que el «encuentro» de los pastorcillos franceses de Cussac fue exhaustivamente investigado y considerado como «auténtico» por la gendarmería de Sant-Flour y por investigadores tan serios como Joël Mesnard, Claude Pavy y J. Vallée.

Pero vayamos a los hechos.

En una soleada mañana de agosto de 1967, dos niños de trece y nueve años (François y Anne-Marie Delpeuch, respectivamente) se hallaban cuidando una docena de vacas. Los animales estaban paciendo en un prado muy próximo a la carretera comarcal número 57, en plena meseta de Cussac, a poco más de 1 000 metros de altitud. Esta pe-

El señor Mora pudo contemplar desde su caballo unos hombrecillos
que volaban en torno a un objeto con forma de trompo.
Esto ocurría el 5 de mayo de 1935, cuando nadie hablaba aún
en los periódicos de ovnis o platillos volantes.

Meseta de Cussac (1967). Cuatro "niños" con indumentarias
muy oscuras se hallaban junto a una gran esfera.
Uno de ellos (el de la derecha) parecía llevar
un objeto brillante en las manos.

Los tres primeros "humanoides" volaron hasta lo alto de la esfera y desaparecieron en su interior. El cuarto inició el vuelo, pero cuando se encontraba a escasos metros regresó a tierra y recogió el objeto brillante que llevaba anteriormente en las manos. A continuación se elevó hasta el ovni, que había ascendido ya a unos quince metros.

Francisco Mora, hijo del testigo, nos muestra el lugar donde sucedieron los hechos.

queña población del Macizo Central cuenta con 200 vecinos y se encuentra situada en la mencionada meseta, a unos 20 kilómetros del pueblo de Saint-Flour, en el Cantal.

Eran las diez y media de la mañana cuando el pequeño François se puso en pie y trató de evitar que las vacas saltasen un pequeño muro de piedra. Entonces descubrió al otro lado de la carretera, y a poco más de 40 metros, a una serie de «niños». Le extrañó y trepó por unas piedras, tratando de identificar a aquellos supuestos «amigos». Pero su sorpresa fue en aumento: los «niños» vestían de una forma muy rara. Sus trajes eran completamente negros y también sus caras. François llamó a su hermana y ambos vieron entonces junto a los «niños» una esfera que lanzaba un brillo tan intenso «que hacía daño a los ojos».

El niño, ajeno por completo a la verdadera identidad de los seres que tenía enfrente, actuó con total espontaneidad. Convencido de que eran muchachos de su edad, les gritó: «¿Venís a jugar con nosotros?»

Al alzar la voz, los cuatro «niños» se volvieron hacia los hermanos Delpeuch. Y en cuestión de segundos, uno de los seres comenzó a elevarse por los aires, introduciéndose de cabeza por la zona superior de la esfera. Los pastorcillos no habían salido de su asombro cuando otros dos «niños» siguieron el ejemplo del primer tripulante. Sin el menor ruido, el segundo hombrecillo voló materialmente y se coló por el mismo lugar por donde había desaparecido el primero. Un tercer ser —que permanecía agachado, como mirando algo en el suelo— se incorporó y emprendió un silencioso vuelo hacia lo más alto del ovni. Otro tanto hizo el cuarto y último individuo, pero cuando parecía a punto de colarse en la esfera regresó a tierra y recogió algo que brillaba como un espejo y que los testigos afirmaron haber visto minutos antes en las manos de este cuarto y desconcertante «rapaz».

Una vez recuperado el supuesto espejo, el hombrecito remprendió su vuelo, alcanzando a la nave cuando ésta se hallaba a unos 15 metros del suelo.

Según los pastores, la esfera describió una serie de círculos, al tiempo que emitía un suave silbido y ganaba en luminosidad. Por último, el ruido cesó y el aparato se perdió a gran velocidad en dirección noroeste.

En el ambiente quedó un desagradable olor a azufre,

mientras las vacas se mostraban muy nerviosas, mugiendo sin cesar. La excitación de los pacíficos animales llegó a tal extremo que los pastores se vieron obligados a devolverlas al establo media hora antes de lo habitual.

Era sorprendente el parecido entre ambos casos. (Huelga decir que ni Manuel Mora Ramos pudo saber jamás del «encuentro» de los pastorcillos franceses con los humanoides, ni aquéllos, a su vez, del caso del «trompo metálico» y de los seres voladores de «Haza ancha».)

No fue muy difícil encontrar la fecha exacta del «encuentro» del vecino de Aznalcázar con el «trompo y los tripulantes voladores». Tras consultar las colecciones de periódicos que se editaban en Sevilla en aquellos años, me percaté de varios hechos que merecía la pena tener en cuenta a la hora de enjuiciar el suceso. En primer lugar, como digo, pude fijar la fecha concreta: aquel primer domingo de mayo de 1935 —fiesta de la Cruz de Mayo— fue día 5.

En segundo lugar, y después de conocer el informe de Manuel Osuna y la versión del hijo mayor del señor Mora, yo seguía haciéndome una y mil preguntas sobre los motivos que pudieron tener aquellos seres para descender en pleno Aljarafe sevillano en mayo de 1935. ¿Qué podían buscar en «Haza ancha»? ¿Qué les interesaba de aquellos pagos?

La respuesta, obviamente, no la sabremos nunca. Sin embargo, si consideramos el gran interés desplegado por los ocupantes de los ovnis por la fauna y flora de nuestro planeta, es verosímil suponer que quizá aquel aterrizaje del 5 de mayo de 1935 no fue gratuito, obedeciendo a razones, por ejemplo, de carácter «científico». Al consultar en la Hemeroteca Municipal de Sevilla las polvorientas y amarillas páginas de periódicos, como *El Noticiero* de Sevilla, *ABC*, *El Liberal*, *El Correo* y *La Unión*, entre otros, observé que precisamente en aquellos primeros días de mayo los agricultores y autoridades sanitarias de la tierra de María Santísima andaban muy preocupados por una demoledora plaga de langostas que había asolado grandes extensiones de El Aljarafe y de otros puntos de la provincia sevillana. Con fecha 7 de mayo se publicaba textualmente, y así fue recogido al día siguiente por toda la prensa nacional, tal y como verifiqué personalmente en la Hemeroteca Nacional, en Madrid:

«El gobernador civil de Sevilla ha manifestado que, según le notifica la Sección Agronómica Provincial, la plaga de la langosta había disminuido, por los medios adoptados para combatirla. Destacó cómo bandadas de cigüeñas han contribuido a la extinción, y en los límites de Andalucía con Extremadura las piaras de cerdos se han comido gran cantidad de langostas.» [1]

¿Conocían los ocupantes del ovni que vio Manuel Mora la grave situación del campo sevillano en aquellos días? ¿Descendieron para estudiar u observar «sobre el terreno» la citada plaga de langostas?

Dados los medios técnicos de que evidentemente disfrutaban —y disfrutan—, no sería extraño. Como digo, no es la primera vez que estos seres han sido vistos recogien-

1. En realidad, la mencionada plaga de langostas tuvo un carácter general, que afectó —según consta en la prensa de aquellos días— a las provincias de Sevilla, Badajoz, Cáceres, Toledo, Córdoba, Jaén, Madrid, Cuenca, Almería, Zaragoza y Huesca, en distinta proporción, naturalmente. Con fecha de 11 de mayo de 1935, el diario *ABC* de Sevilla publicaba un documentado artículo de Carlos Morales Antequera (con tres fotografías y dos gráficos de Mozo) en el que, entre otras cosas, decía: «... De muy distintas provincias españolas llegan voces de angustia en demanda de auxilios para combatir la enorme plaga de langostas que se ha presentado este año y que amenaza destruir las mermadas cosechas. En algunas de ellas no nos ha sorprendido el fenómeno; en otras, francamente, declaramos que sí. Desde hace 3 o 4 años venimos llamando la atención de agricultores y Juntas de Plagas, sobre el recrudecimiento marcadísimo en la intensidad creciente con que cada año se viene presentando esta calamidad, que en el año actual ha llegado a límites de virulencia que ha de preocuparnos a todos muy hondamente, al extremo de que si no se adoptan remedios muy heroicos, podríamos sufrir un gravísimo descalabro económico.»

En el mismo artículo, el señor Morales presentaba un gráfico sobre la intensidad relativa de las principales plagas de langostas sufridas por la agricultura española desde 1860 a 1935. Esta última, precisamente, había alcanzado la preocupante cota de 70-80 (de una escala de 100), sólo superada por las plagas de los años 1891 y 1922-1923, respectivamente.

La provincia de Sevilla, como digo, era una de las áreas más castigadas por la langosta, con un total de 6 250 hectáreas afectadas. Cuando se consultan las páginas de los diarios locales de 1935 se observa la profunda preocupación de los campesinos y autoridades, así como el considerable número de municipios que cayeron bajo semejante calvario: Lora del Río, Aznalcázar, Coria, Marchena, Puebla del Río, Villamanrique, etc.

Con fecha de 7 de mayo del año que nos ocupa, el Gobierno Civil de Sevilla publicaba la siguiente nota en relación a la plaga de langostas: «... Dijo el gobernador a los informadores que con toda urgencia se van a repartir por las Jefaturas del Servicio Agronómico de la provincia unos 20 000 litros de gasolina y 40 000 metros de trocha para combatir los focos de langostas existentes en algunos pueblos.»

do muestras de plantas, semillas, tierra e, incluso, mutilando animales domésticos. Si El Aljarafe se hallaba bajo los efectos de la perniciosa plaga (y Aznalcázar está en el corazón de esa zona de Andalucía), ¿por qué descartar la hipótesis de que los «humanoides voladores» de «Haza ancha» estaban examinando este fenómeno?

Algún tiempo después de este primer contacto con la familia Mora, cuando mis investigaciones en otros puntos de España así me lo permitieron, regresé a Aznalcázar. En mis continuas correrías tras los ovnis me he acostumbrado a dejar pasar semanas —incluso meses— entre dos conversaciones con un mismo testigo. Y no puedo quejarme: los resultados son excelentes.

Pues bien, abrumado por una parte por los numerosos casos de «encuentros cercanos con humanoides» que figuraban y figuran aún en mi agenda, y consciente de que es bueno mantener esos lapsos de tiempo entre las distintas entrevistas con un mismo personaje, procuré que el tiempo y los hechos siguieran su curso normal. Y un buen día (también sin previo aviso) llamé a la familiar puerta de cristal de los hermanos Mora. Esta vez pude conocer a Francisco, el hermano menor, hombre culto y respetado, profesor de latín y de ideas tan liberales y adelantadas como las de su hermano Ignacio.

Su versión sobre los hechos que protagonizó su difunto padre fue básicamente la que ya conocía.

Cuando le rogué que me acompañara hasta «Haza ancha», Francisco suspendió gentilmente una de sus clases de latín y, en compañía de su alumno, montó en mi R-18, mostrándome el sendero de la finca. Por una torrentera (más que camino), y después de diez o quince minutos de infernal marcha, detuve el coche frente a una llanura. (Alguna vez deberé explayarme con el lector sobre esa parte, aparentemente tan insustancial, que constituyen las «relaciones» y el grado de «compenetración» de un lobo solitario como yo con su vehículo. No sé si lo he mencionado en otros libros, pero, al menos en mi caso, termino cogiéndole cariño a las cosas que me acompañan cotidianamente. Y mi coche sabe mucho sobre mis largas y negras soledades...)

La verdad es que respiré al frenar frente a la planicie que se extiende al pie del llamado Cerro de la Torre.

Francisco señaló el lugar y puntualizó:

—Aquí fue.
—¿Ha variado el paisaje?
—No. Todo sigue prácticamente igual. Mi padre llegó con el caballo hasta este mismo campo. Y el ovni estaba ahí, a un centenar de metros.

En silencio, con la cámara fotográfica al cuello, me adentré entre los surcos de aquel terreno que había sido escenario de otro descenso de seres del espacio. El sol se hundía ya por los confines de El Aljarafe cuando una extraña sensación, mitad tristeza, mitad melancolía, mitad añoranza, me bloqueó el corazón. Pero ¿por qué aquel sentimiento de ausencia y lejanía? ¿Qué encierra mi corazón que yo no sepa y que, irremediablemente, me vincula a esos seres?

¿Por qué el infierno tiene que oler a azufre y no a paella valenciana? Justo será que contemos lo que aconteció antes de nuestra visita a Garganta la Olla. «¿Conoce usted a un pastor que vio a un hombre con patas de cabra?» En Yuste, el otoño trabaja como pintor. Donde se da cumplida cuenta de las patadas que tuvimos que dar para hallar a don Felipe. De cómo un jubilado de Cuacos me aclaró, al fin, el secreto de los «ornis».

El informe de Manuel Osuna sobre el caso Aznalcázar incluye un dato que, desde mi punto de vista, guarda una extraordinaria importancia. «El señor Mora —reza el escrito—, que se encontraba algo enfermo, supuso que había sido premiado por la Providencia con esta visión celeste, con lo que estaba muy contento creyéndolo un anticipo del más allá. En esta creencia murió pocos años más tarde.»

No puedo desvincular esta «creencia» del señor Mora de aquel otro hecho que figura en la investigación de la esfera y los humanoides voladores de la meseta francesa de Cussac, en el verano de 1967. Los partorcillos, como hemos visto, aseguraron que «en el ambiente quedó un desagradable olor a azufre».

El lector habrá adivinado ya por donde discurren mis intenciones...

«Olor a azufre», «visión celeste» y «premio de la Providencia». ¿Qué me sugiere todo esto? Curiosamente, el título del artículo de la revista *Phénomènes Spatiaux*, donde se dio la primera noticia del avistamiento ovni de los mencionados pastorcillos, era el siguiente: «Encuentro "diabólico" en la meseta de Cussac.» El término «diabólico», naturalmente, fue una licencia más o menos humorística de Mesnard y Pavy. Sin embargo, la referencia al diablo —motivada única y exclusivamente por ese «olor a azufre» que notaron los testigos— encierra para mí un significado mucho más profundo y digno de matizar. En 1967, obviamente, a muy pocas personas se les habría ocurrido relacionar la presencia de la brillante esfera y de sus tripulantes con Satanás y sus mesnadas. El progreso, la televisión y la conquista del espacio —gracias a Dios— van puliendo a las gentes, al menos en lo que a nuestro «provincianismo cósmico» se refiere. Pero ¿podríamos decir otro tanto de siglos pasados? ¿Cuántos avistamientos ovni, ocurridos en el siglo XII o XV o XVII, por poner algunas fechas al azar, no habrán sido asociados con el diablo o con los «ángeles del Señor»? Si en esos «encuentros» con estas naves y sus ocupantes (de los que están repletos los libros sagrados y las crónicas históricas) los testigos tuvieron la mala fortuna de percibir el referido «olor a azufre», fruto, sin duda, del tipo de propulsión de algunos ovnis, el suceso podía verse fulminantemente clasificado como «una aparición o visión del infierno».

Y digo yo: ¿cuántos «demonios» o «ángeles» de las mil y una leyendas que circulan por la literatura universal no fueron en verdad otra cosa que simples «pilotos» de ovnis? ¿Qué podían pensar los campesinos o ciudadanos de la corte del rey Arturo si tenían la suerte —o la desgracia— de tropezar con unos seres de un metro de estatura, de vestiduras ajustadas y relucientes, de grandes cráneos o con «diabólicos yelmos»? ¿Qué hubieran sentenciado los clérigos de turno al conocer por boca de los aterrorizados testigos que tales «monstruos» —en el colmo de la maldad— revoloteaban en torno a una «bola de fuego» que, además, apestaba a azufre?

Si los señores Mora o Delpeuch o González Santos hubieran vivido en el siglo XI y algunos de esos «diablos» les hubieran lastimado con semejante y diabólica «luz», lo más probable es que la Iglesia se habría apresurado a exorcizarlos, quemarlos o desterrarlos, como «locos», hechiceros o brujos poco recomendables. Pero ¿por qué retroceder tanto en el curso de la historia? Ahí tenemos el caso de Manuel Mora Ramos en mayo de 1935. Lo más seguro es que el terrateniente de Aznalcázar no llegase a oler a azufre. Eso hubiera sido fatal. Supongo que habría trastornado la esencia misma de la «visión», convirtiéndola en «cosa de las fuerzas del mal». ¡Cuánto lamento no haber podido conversar con el señor Mora y con el cura que «pastoreaba» en aquellos tiempos los «destinos espirituales» de los vecinos del bello pueblo sevillano!... Sin embargo, creo que no debo lamentarme. A lo largo de mis correrías por la España rural —y no tan rural—, he tenido oportunidad de dialogar con algunos de estos vetustos «ejemplares» del clero tradicionalmente reaccionario. Y su forma de pensar respecto a los ovnis no tiene nada qué envidiar a la que podían lucir sus colegas de la Edad Media. (Ocasión habrá de exponer algunos ejemplos, sobre todo en el fascinante suceso de Villares del Saz, en la provincia de Cuenca.)

Se me ocurre, antes de entrar de lleno en nuestro próximo caso, que quizá los teólogos y exegetas de la Iglesia católica podrían hallar en la antigua costumbre de asociar el «olor a azufre» con el infierno o con el diablo razones mucho más curiosas y racionales que las que se han ofrecido hasta hoy. ¿Por qué el infierno o Satanás tienen que oler forzosamente a azufre y no a incienso o a tierra mojada o a paella valenciana? ¿De dónde arranca ese símil? Y, sobre todo, ¿por qué se hizo costumbre entre los católicos? Lo malo de esta investigación que brindo a los especialistas y expertos en teología es que puede proporcionarles muchos sinsabores y poco dinero...

A LA CAZA DE DON FELIPE, EL «PERIODISTA»

Mire usted por dónde, en Garganta la Olla tuvo lugar en 1934 (siete meses antes del «encuentro» de Aznalcázar) un suceso que viene a refrendar cuanto acabo de exponer. Pero vayamos por partes.

Desde hacía años rodaba por los cenáculos ufológicos una noticia que, en principio, a casi todos se nos antojó como una leyenda poco menos que imposible de verificar. Pero ahí estaba. En pocas palabras —y según el investigador David G. López, que fue quien «levantó la liebre»—, el 1 de octubre del mencionado año del Señor de 1934, en la remota aldea cacereña de Garganta la Olla, una anciana había tenido un misterioso encuentro con un ser de baja estatura y traje muy brillante. Esta mujer, al parecer, se hallaba trabajando en el campo, muy cerca de Garganta, cuando el curioso individuo apareció en un despeñadero próximo. En aquel instante, la anciana escuchó en su mente una voz que le anunciaba el nacimiento de un nieto. La mujer trató de aproximarse al ser, pero éste comenzó a correr, desapareciendo de la vista de la testigo.

Intrigada y asustada, la anciana volvió a la aldea y comprobó entonces —con la consiguiente sorpresa— que el «anuncio» que había recibido en el campo se había hecho realidad: su nieto acababa de nacer.

La escueta noticia era rematada con el siguiente hecho:

«Suponiendo que el "anuncio" había sido cosa del Cielo, y que aquel ser era un ángel, la familia le impuso al recién nacido el nombre de Ángel.»

Esto era todo lo que se sabía. Al menos, todo lo que sabíamos los investigadores del fenómeno ovni.

Había otro sucedido —también procedente de la misma aldea extremeña—, que venía corriendo parejo al de la anciana y el supuesto «ángel», y que, al igual que el primero, no había sido contemplado con un mínimo de rigor periodístico.

En síntesis, este segundo caso, que se remonta al año 1948, se refería a otro vecino de Garganta, dueño de un rebaño, que cierta noche de fuerte tormenta e intenso frío se encontraba en una cabaña cercana al pueblo. El pastor escuchó voces en el exterior y abrió la puerta, creyendo que se trataba de alguna persona extraviada. Vio entonces a un hombre de baja estatura, al que invitó a entrar. Sin hablar, el recién llegado penetró en la choza. El anfitrión comprobó que aquel ser tenía «pezuñas como las de un chivo» y, presa del terror, lanzó un terrible alarido, que hizo huir al recién llegado.

La noticia, que como digo rodaba entre los seguidores y estudiosos del tema desde hacía años, añadía que el protagonista «tuvo entonces ocasión de contemplar cómo una bola de fuego, no muy lejana, se remontaba hacia el cielo. El testigo creyó que había visto al diablo y, a partir de ese día, fue un fervoroso católico».

Pues bien, a pesar de las evidentes dificultades que entraña siempre la investigación de casos antiguos (en 1982 habían transcurrido 48 años desde el incidente de la anciana y 34 desde el «encuentro» del también vecino de Garganta la Olla con el «hombrecillo de patas de cabra»), me propuse aclarar qué había de cierto y qué de leyenda en sendos hechos. Lejos de desmoralizarme, las dificultades me excitan. (Yo diría que, cuanto más espinoso es un caso, más voluntad y empeño consumo en despejarlo.)

Así que, rebosante de optimismo, me dispuse a viajar hasta Cáceres.

Mi primera visita a la bellísima aldea de Garganta la Olla, en las estribaciones de la Sierra de Gredos, y a poco más de diez minutos del monasterio de Yuste (siempre que se elija la pista forestal que serpentea entre macizos y barrancas y que nace justamente a la sombra de los centenarios eucaliptos del célebre monasterio jerónimo), tuvo lugar a última hora de la mañana del 10 de noviembre de 1982. Pero antes de entrar en los lances que nos sobrevinieron en aquella —digo yo— disparatada jornada en Garganta, bueno será que dé cumplida razón de cuanto aconteció en las horas precedentes y que contribuyó a que pasase lo que pasó...

La noche anterior, después de un arriesgado viaje desde Valladolid, y tras sortear esa legión de curvas que forman el espinazo de la comarca de La Vera, decidí descansar en Jarandilla. Una vez en la habitación del hotel, y a pesar de las oleadas de sueño, desplegué los mapas y revisé los planes del día siguiente. Fue entonces cuando caí en la cuenta de que no conocía el monasterio de Yuste, donde se retirara el emperador Carlos V. Ése fue mi primer error en aquella nueva investigación. El segundo —¿o tal vez no se trataba de un error?— fue desconfiar. Sí, lo confieso: al releer los sucesos de 1934 y 1948, empecé a sentir unas pesadas dudas sobre la autenticidad de tales hechos. «Antes de viajar a Garganta —me dije a mí mismo—, no estaría de más que hiciera algunos "sondeos" entre los vecinos de los pueblos próximos. Quizá ahorre tiempo...»

Yo no disponía entonces de ningún contacto en la citada aldea. Y, repito, sospecho que de habernos dirigido como una bala a Garganta, más de un trote hubiéramos ahorrado. (Notará el lector que, desde hace algunos minutos, me expreso en plural. La razón es obvia. En esta ocasión, y aprovechando unas vacaciones, había decidido acompañarme en mis correrías José Luis Barturen, viejo amigo y veterano defensor de la realidad ovni.)

Cuando le sugerí al «Bartu» la idea de visitar el monumental monasterio de Yuste, el proyecto fue aceptado al momento. Pero yo seguía con la mosca detrás de la oreja y allí mismo, en el parador nacional de Jarandilla, nada más levantarme, comencé las primeras pesquisas. «Si los "encuentros" de Garganta ocurrieron tal y como yo conocía, lo más probable es que hubieran corrido de boca en boca.» Estas suposiciones mías, sin embargo, no fueron compartidas por el recepcionista del parador. Es más —a juzgar por su mueca de incredulidad—, para mí que aquel buen hombre pensó que yo arrastraba aún quién sabe qué fatigosa resaca...

—Veamos si le he entendido —repitió mi interlocutor con cierta alarma—. Así que usted busca a un pastor que dice haber visto a un hombrecillo con patas de cabra...

Asentí, y aunque tuve sumo cuidado de exponerle cuál era mi trabajo como investigador del fenómeno ovni, el amigo en cuestión se encogió de hombros:

—Es la prmera noticia que tengo... ¿Y dice usted que eso ocurrió en Garganta?

Fue inútil. Allí, no sé por qué, presentí que no iba por buen camino. Pero el voluntarioso empleado —deseando colaborar o procurando quizá que desapareciera lo antes posible del hotel— me reveló el nombre de un cura «que lo sabía todo sobre Garganta y sus paisanos». Él mismo trató de localizarlo por teléfono. Las gestiones, sin embargo, fracasaron. Valentín Soria, mi posible primera «pista», había salido de casa.

—Quizá si habla con su cuñada... —insistió el recepcionista, que casi había empezado a ponerse de mi parte—. Vive frente a la gasolinera.

Un frío seco y afilado bajaba de las altas cumbres de Gredos cuando, al fin, localizamos a la cuñada de Valentín. La mujer, lógicamente, quiso saber por qué me interesaba por el señor cura. Repetí lo poco que sabía, aunque con el mismo resultado anterior.

—¡Qué raro! —sentenció la vecina de Jarandilla—. Yo he sido maestra en Garganta y jamás escuché esa historia.

Aquello fue un duro golpe. Para colmo, su cuñado —también maestro— había salido ya hacia uno de los pueblos cercanos (creo recordar que hacia Losar de la Vera) y no regresaría hasta la noche.

Al volver al coche encendí un pitillo y me propuse no forzar excesivamente los acontecimientos. Sé por experiencia que, cuando menos lo esperas, salta la liebre. Así que

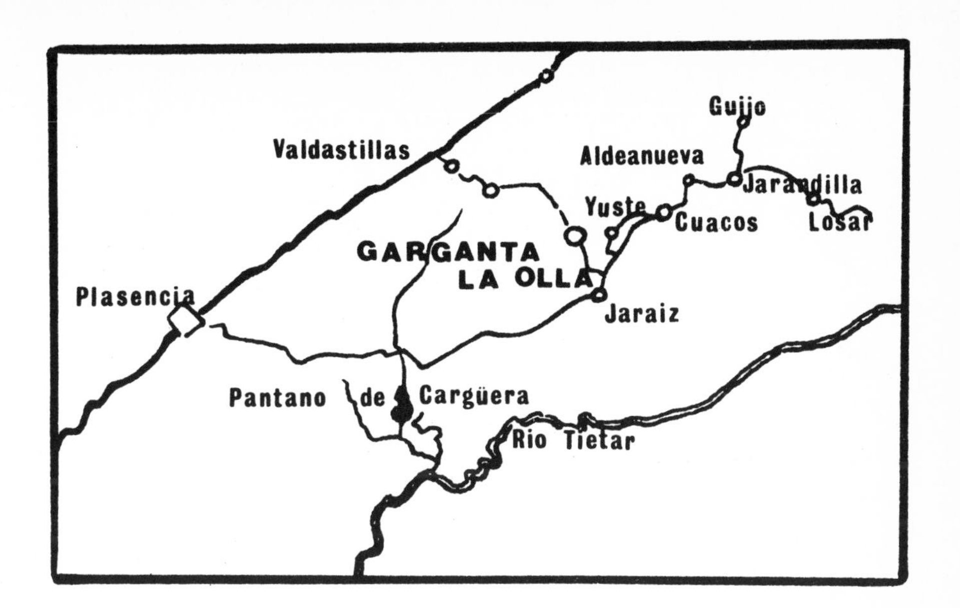
Guijo
Valdastillas
Aldeanueva
Jarandilla
Yuste
Cuacos
Losar
GARGANTA
LA OLLA
Plasencia
Jaraiz
Pantano de Cargüera
Rio Tietar

me concedí un pequeño respiro. El día no había hecho más que empezar...

Cruzamos Aldeanueva de la Vera y Cuacos y en un santiamén nos detuvimos a las puertas de Yuste. El otoño se había entretenido en pintar de amarillo y ocre a la multitud de pinos y eucaliptos que hacen guardia —a respetable distancia y como para no molestar— en las empinadas laderas. Pocas veces he escuchado con tanta claridad el silencio de la montaña. A veces, quizá para recordarnos que Yuste está vivo, los pájaros le ponen música de fondo al vuelo despacioso de un águila o al relámpago negro de un halcón.

De pronto, el ronroneo de un «1 500» negro me devolvió a la realidad. Un cartero saltó del coche y traspasó el umbral del monasterio, con no sé qué paquetes en las manos. No lo dudé. Y lo abordé sin más, encasquetándole «mi» historia. Pero el paciente funcionario de Correos tampoco había oído hablar del negocio que llevaba entre manos. Aquello minó mi optimismo. Es en verdad difícil que un cartero rural no sepa, o no tenga oído, un suceso tan poco común como el del ser de pezuñas de chivo.

Gracias a Dios mi desilusión quedó momentáneamente congelada ante la presencia del hermano Alfonso Reyes, un joven fraile jerónimo que, casualmente, sustituía al guía oficial de Yuste, en aquellas fechas de vacaciones. Habitualmente, tropezar con uno de estos monjes es poco menos que imposible. Forman una rígida orden de clausura y las visitas a las dependencias donde pasó sus últimos días el emperador Carlos V son dirigidas por un seglar. Así que, mientras fray Alfonso nos mostraba los despachos, alcoba y la silla articulada en la que el emperador de España y Alemania soportó como Dios le dio a entender la dolorosa enfermedad de la gota, escrutamos cuanto pudimos en la forma de vida de aquellos afortunados monjes. Al final, y como certero resumen, el fraile rechazó que fueran la paz y el aislamiento que envuelven a Yuste lo que pudiera hacerles felices o —para ser más exactos— distintos al resto de los ciudadanos.

—Lo que verdaderamente dulcifica nuestros espíritu —respondió el sevillano— es el encuentro y el enfrentamiento con nosotros mismos. El hombre es un forastero en su propio corazón.

Al descender por la empinada carretera que une Yuste

con Cuacos me prometí a mí mismo que algún día, cuando mi espíritu se sienta perdido entre las multitudes, llamaré de nuevo a las puertas del monasterio que vio morir a Carlos I en 1558. Quizá el jerónimo tenga razón... Pero, hoy por hoy, mi papel en el mundo es otro. Elegí el apasionante y a veces incomprendido trabajo de la investigación ovni y su difusión y nada ni nadie me detendrá.

Rodaba yo ensimismado en estos pensamientos cuando, a poco más de un kilómetro del monasterio, y al doblar una de las curvas, apareció al fondo de la ruta la figura de un anciano. Los sucesivos fracasos en la búsqueda de pistas de los casos de Garganta la Olla no habían logrado apagar definitivamente mi entusiasmo. Así que, por enésima vez, me dejé llevar por la intuición. Frené lentamente y me situé a la vera del camino.

—¡A la paz de Dios! —saludó el hombre, sin la menor desconfianza.

—¿Conoce usted la aldea de Garganta?

—Naturalmente, hijo. Aquí nos conocemos todos...

Y comencé mi relato. El abuelo me escuchó en silencio, mientras dejaba caer parte de su arrugada humanidad en la brillante contera de su cachava.

—¿Un ovni y un hombrecillo con patas de chivo? Sí, yo tengo oído algo...

El corazón me pegó un brinco. ¡Al fin!

—Pero, hijo, de eso hace mucho...

—Lo sé, abuelo —le interrumpí con un entusiasmo difícil de contener—. ¿Sabe usted algo? ¿A quién podemos preguntar?

El anciano levantó el bastón y, señalando en dirección a Cuacos de Yuste, me hizo saber que la persona idónea para tal menester era un tal don Felipe.

—No tiene pérdida —añadió con cara de satisfacción—. Don Felipe es el periodista.

Con eso estaba dicho todo. ¿Cómo no se me había ocurrido antes? El abuelo había vuelto a enderezar mis torcidas esperanzas.

Mientras aquel providencial caminante se perdía carretera arriba, en dirección a los apretados bosques, una vieja duda saltó del fondo de mi mente: «¿Por qué pasan estas cosas? ¿Por qué cuando todo parece perdido, me doy de manos a boca con alguien o algo que me señala el buen rumbo? Si esto me hubiera sucedido una o dos veces, seguramente lo habría atribuido a la casualidad. Pero ¿qué puedo sospechar cuando esas «casualidades» florecen a decenas?...»

En Cuacos, como presumía, todo el mundo conoce a don Felipe. Pero el «periodista» —hombre inquieto donde los haya, a pesar de sus bien entrados setenta «tacos»— había salido muy de mañana hacia Jaraiz de la Vera, donde cumple como oficial de la administración de justicia en el juzgado correspondiente.

Había que ganar tiempo y opté por desplazarme hasta el Ayuntamiento de Jaraiz. Allí nos informaron que don Felipe Jiménez Vasco acababa de abandonar el juzgado.

—Es posible que ahora mismo haya hecho una paradita en el bar Colón —soltó desde detrás de una negrísima máquina de escribir el único funcionario que daba vida en aquellos instantes al juzgado.

Mascullando más de un improperio por tan mala fortuna, desandamos el camino del Ayuntamiento a la plaza —donde habíamos aparcado—, en la que, con las manos en los bolsillos, se caldeaba al tibio sol la flor y nata de los jubilados del pueblo.

Barturen se había empeñado en conseguir un *cassette* de Mocedades y, mientras el hombre ponía patas arriba los escasos establecimientos del ramo, yo me procuré la amistad de aquellos veteranos. «¿Quién sabe? —pensé—, a lo mejor tengo suerte y alguno de estos abuelos conoce los sucesos de Garganta.» Tiempo para localizar a don Felipe había de sobra.

A los pocos minutos, la totalidad de los viejos sabía de mi búsqueda. Pero, con gran desazón por mi parte, ni uno solo recordaba la historia del ovni y el hombrecillo con patas de cabra. Poco faltó —lo reconozco— para que olvidara allí mismo la empresa y prosiguiera con otras investigaciones. Sinceramente, en aquellos momentos pensé que eran demasiados fracasos. Lo normal es que sucesos tan peculiares hubieran quedado en la boca y hasta en las piedras de la minúscula comarca. A no ser, claro está, que todo fuera un puro engaño o que los testigos —¿por qué no?— hubieran ceñido su aventura a las fronteras familiares. Pero, así y con todo, tales noticias deberían haber saltado de pueblo en pueblo. Prometí no perder los nervios y, cuando menos, seguir el escurridizo rastro de don Felipe.

—¿Sabe lo que le digo? —terció otro de los jubilados de Cuacos, bajando el tono de voz, como si de una confidencia se tratase—. Yo conozco el secreto de los «ornis».

El simpático anciano me tomó por el brazo y me separó del grupo.

—Estoy seguro que los «ornis» son suizos.

No me dio tiempo a replicar. El jubilado rebuscó en los interiores de su pelliza y terminó por sacar a flote un centenario reloj, de los de bolsillo e interminable cadena plateada. Lo puso ante mis narices y prosiguió:

—Esta maravilla fue de mi padre. Y ya ve usted: más que marcar las horas, las pinta... Pues a lo que voy. Si los suizos son capaces de tales portentos, lo natural es que esos aparatos que llaman «ornis» lleven matrícula suiza...

No sé cómo me las apañé para contener una sonrisa que, de haber prosperado, seguramente habría desembocado en carcajada. En mis idas y venidas por el mundo he oído las más variopintas teorías sobre estas naves: muchos las clasifican como rusas o norteamericanas, otros como judías, y ahora —para que luego digan que no hay imaginación— el amigo extremeño daba por sentado que eran «made in Suiza».

—¿Sabe usted que tengo una preciosa hija de siete años que también dice «ornis»?

El abuelo me lanzó una mirada, algo así como un quiero y no puedo, que dio por zanjada nuestra conversación y no sé si nuestra incipiente amistad...

El caso es que a los pocos minutos nos deteníamos en el bar Colón. El mesonero conocía, naturalmente, a don Felipe, pero el «periodista» hacía tiempo que había «volado».

—Con toda seguridad —comentó mientras colocaba unos sólidos chorizos y un vino peleón sobre el mostrador— le alcanzarán ustedes en el Ayuntamiento de Cuacos.

El «Bartu» y yo montamos allí mismo un improvisado coro de lamentaciones, ante nuestra negra suerte. Pero ello no fue óbice para que —por si las moscas— preguntáramos también al maestro cosechero si tenía alguna noticia sobre «nuestro» supuesto «humanoide de patas de chivo». Ante la rotunda negativa, liamos los bártulos y salimos en dirección a Cuacos de Yuste.

Por elemental prudencia me acerqué primero a la casa de don Felipe. La señora —ante nuestra creciente desesperación— no supo darnos razón sobre el paradero de su marido.

—Miren ustedes en el Ayuntamiento o en los bares de la plaza...

Pues sí que estábamos bien...

En las casas consistoriales de Cuacos —casi de juguete, con perdón—, nadie había visto al corresponsal. Y otro tanto sucedió en los bares de la empedrada y soleada placita. Sólo podíamos esperar.

Casi por inercia, repetí mi pregunta a los amables parroquianos del lugar. Ni uno solo había escuchado la historia de la anciana o del pastor de Garganta la Olla.

Al fin, y siguiendo —digo yo— un rito de lustros, irrumpió en el bar el ansiado don Felipe. Eran las 13.30 horas.

Pero, tal y como venía sospechando, tampoco Felipe Jiménez Vasco —escritor, oficial de la administración de justicia, miembro de la Real Academia de la Historia de Copenhague y corresponsal de prensa, radio y TVE, entre otros menesteres— estaba al corriente de los sucesos que me habían llevado por aquellos lares. El hombre me escuchó con tanta curiosidad como paciencia y, al final, me dio a entender que «todo aquello» le sonaba a cuento chino.

—Si fuera cierto —esgrimió con no poca razón—, yo me hubiera enterado. Tengo muchos años y Garganta forma parte de mi territorio...

En un último intento le recordé nuestro encuentro con el anciano, camino del monasterio de Yuste.

Don Felipe terminó su «caña» de cerveza y pareció caer en la cuenta de algo importante:

—Ese caminante —el que les ha dado mi nombre— debía referirse al ovni de Yuste. Yo mismo di la noticia a la prensa en enero de 1969. Pero aquel caso no tiene nada que ver con lo que usted trae entre manos...

En efecto, don Felipe me estaba hablando de un avistamiento registrado el 31 de diciembre de 1968, en las proximidades del monasterio y cuyo único testigo —Florencio Moreno Moreno— resultó ser amigo y vecino (puerta con puerta) del inquieto corresponsal. Aunque en otra ocasión me ocuparé de este interesante suceso, investigado también por mí «sobre el terreno», entiendo que es mi obligación adelantar y aclarar ahora que los numerosos «platos» luminosos que rodearon a Florencio Moreno cuando se dirigía en su mulo desde Cuacos a un olivar próximo al monasterio de Yuste, conforman otro asunto, bien distinto a los que tuvieron lugar en 1934 y 1948 en Garganta la Olla, respectivamente.

¿O no tuvieron lugar?

Después de aquel estrepitoso rosario de fracasos, ¿qué podía pensar? Y lo que era más importante, ¿qué debía hacer?

Sólo me quedaba un camino: Garganta la Olla. Ahora sé que debía haber encaminado mis primeros pasos de aquel frío 10 de noviembre justamente hacia la aldea cacereña. Pero no siempre se acierta a la primera. (Y yo, mucho menos.)

Por consejo de don Felipe tomé de nuevo la carretera que muere en el monasterio. Antes de entrar en el recinto —como a doscientos metros— hice una breve pausa, a la afilada sombra de la llamada Cruz del Humilladero, justamente en el punto donde la miriada de diminutos «platos» o discos luminosos le dieron el susto padre al caballista de Cuacos. Allí mismo —a la derecha de la carretera, según se sube— se extiende un paño de tierra en el que el caminante puede ver medio centenar de cortas y blancas estacas, clavadas en tierra y como tiradas a cordel. Se trata —según nos explicó fray Alfonso— de un cementerio «alemán». El camposanto de Yuste, amén de la ausencia de cruces, tiene otra singular característica: allí han sido enterrados los súbditos germanos que —sin duda por su devoción y aprecio hacia la figura del que también fuera su emperador— dejaron dicho y escrito que sus osamentas fueran a parar a la vera del último refugio del pequeño pero aguerrido Carlos I de España y V de Alemania.

No sabría decir por qué, pero allí, plantado sobre el muro de piedra que separa el citado cementerio de la carretera, sentí cierta tristeza por aquellos restos sin nombre.

Pero el tiempo apremiaba y a los pocos minutos enfilamos ya la pista forestal que arranca del mismísimo monasterio y que va lamiendo la abrupta ladera del picacho de La Portilla.

Garganta la Olla nos esperaba al otro lado de aquellos bosques centenarios. ¿Cuál sería nuestra suerte?

5

Garganta la Olla es casi un milagro. De cómo estuve en un tris de abandonar. «¡Que dice el joven si sabéis algo de un ovni!» Donde estuvimos a punto de ser confundidos con gente del gobierno. Otro gallo nos hubiera cantado de haber mentado antes al diablo. El Pancho —que Dios tenga en su gloria— vio una «monja» con patas de cabra. De cómo el hijo del Pancho negó que su señor padre se hubiera vuelto un beato. Sepa usted que al «Rojillo» le pasó algo parecido. De cuando conocimos a Gala, a doña Clotilde y a Esperanza, la enterradora tuerta. Nuestra morrocotuda «expedición» al cementerio de Garganta y de cómo, al fin, dimos con el Pancho.

Garganta —puestos a pensar— es casi un milagro. Se estira o se acurruca (porque este detalle no lo tengo muy claro) en el fondo de una olla por la que corre y salta un riachuelo que bien merecería una existencia menos efímera. Garganta Mayor —que así debió de bautizarlo algún soñador— es como un perro fiel. Jamás se ha alejado demasiado de su dueño y patrón. Cada día —digo yo que será en señal de amistad— pone a los pies de Garganta la Olla puñados de truchas que lanzan con sus colas destellos verdes e ininteligibles, al menos para los forasteros como yo.

Fue al salir de una de las últimas curvas de la Barrera del Pachón cuando vi por primera vez la aldea. No pude resistir la tentación y salí del coche, dispuesto a beberme hasta la última gota de aquella belleza. Los cerros y picachos dejan caer sus laderas casi sobre los tejados de Garganta, aunque el racimo de casitas —y no digamos la torre de la iglesia— sólo miran al azul inverosímil de los cielos.

Es, sin dudarlo, un paraje más que propicio para cualquier descenso ovni: aislado, casi perdido y con el cincel del río como único medidor del tiempo.

Al seguir aquella pista forestal, y sin proponérmelo, hice mi entrada por la puerta de atrás de Garganta. Aquella circunstancia sirvió para tropezar con un primer vecino, otro jubilado que iniciaba su diario paseo vespertino aguas arriba del Garganta Mayor. Tras los saludos de rigor, le planteé la razón de mi presencia en la aldea. No es que tenga muy claro por qué, pero el caso es que me centré única y exclusivamente en la noticia de 1948, olvidando por completo el suceso de la anciana y el «ángel». Este lapsus tuvo que obedecer —es un suponer— a mi costumbre de concentrar los esfuerzos en una dirección; es decir, en una sola investigación. Pero todo tiene su lado bueno. Y aunque no quiero trastocar el orden de los acontecimientos, anuncio ya al lector que esta incomprensible laguna mental fue debidamente subsanada meses más tarde, en una segunda visita a Garganta la Olla. Un segundo viaje, con sorpresa incluida, claro...

—Pues verá usted, buen hombre —repetí, sacando fuerzas de flaqueza—: buscamos a un vecino de Garganta que en 1948 vio un ovni...

—¿Un qué? —interrumpió el caminante, al tiempo que abría sus ojos como si tuviera delante a un aparecido.

«¡Ay, Dios! —murmuré sin demasiado disimulo—. Esto empieza a hacer agua...»

—Un ovni, amigo... Un platillo volante de ésos...

—¡Ah! Entiendo. ¿Y dicen que aquí ha caído uno de esos platillos?

—Sí y no...

Aquello empezaba a complicarse de la forma más tonta.

—Es que tenemos entendido que en 1948 alguien de este pueblo vio un ovni muy luminoso y a un hombrecillo con patas de chivo.

El semblante del viejete fue un libro abierto.

—¿Y todo eso ocurrió en Garganta? Tengo muchos años, he nacido aquí y jamás había oído un infundio semejante...

Con este nuevo vapuleo hicimos nuestra entrada en la aldea. Como dije, por aquellas fechas yo no disponía de un solo enlace, amigo o conocido en el pueblo. De todas formas, si «nuestra» historia (porque yo empezaba a considerarla ya casi de mi propiedad) había sido real, el testigo —concediendo que siguiera vivo— podría sumar en aquel noviembre de 1982 alrededor de los 70 años. No hacía falta ser muy despierto para intuir que la «caza y captura» del paisano en cuestión debería empezar y terminar por los mayores de la localidad. Y a ellos me dirigí.

Debían ser las tres de la tarde cuando el primer grupo de ancianos, sentado en una esquina de la plaza y al socaire de los siempre traidores vientos del septentrión, movió la cabeza como un solo hombre, negando o ignorando —que para el caso viene a ser lo mismo— el fenómeno del ovni reluciente y su caprino y cada vez más supuesto tripulante.

¡Dios de los cielos! Ni uno solo de aquellos abuelos había oído hablar del tema. Ahora sí que empezaba a dar por inútil el rastreo. Prendí mi enésimo cigarrillo y lancé una confusa mirada a las estrechas y empinadas callejuelas que se derramaban en la plaza desde todas las direcciones.

«¿Qué podía hacer?»... ¿Seguía la esmirriada pista o la enviaba al cuerno? Después de todo, ¿por qué perder el tiempo en aquel esfuerzo aparentemente baldío cuando me aguardaban investigaciones mucho más concretas?

Seguramente traicionaría al lector —y a mí mismo— si no escribiera aquí y ahora que, justo en esos delicados momentos, una fuerza o una voz o quizá mi alocada conciencia (vaya usted a saber), hace acto de presencia y me fuerza, casi a empellones, a retomar el hilo de la investigación. Lo he dicho en otras oportunidades y, aunque sé que será igualmente mal interpretado por los saltimbanquis de la ufología, voy a repetirlo. Desde hace mucho —y creo que dispongo de pruebas—, me siento, sí, protegido y hasta controlado por algún tipo de «fuerza» que tiene mucho, pero que mucho que ver con determinadas «razas» del espacio. Y no creo ser el único que disfruta —si se me permite la licencia— de tal ventaja... (Como dijo el Maestro, quien tenga oídos para oír, que oiga.)

Con esa incomprensible y bendita fuerza tirando de mí, eché cuesta arriba, con paso decidido y ligero. José Luis Barturen me siguió con un dócil silencio que siempre agradecí.

Al fondo de la estrecha y encalada calle se adivinaban las siluetas de otro nutrido grupo de jubilados, esta vez de cara a un sol que parecía tener unas incomprensibles prisas.

Me juré a mí mismo que aquél era el último intento.

—¿Un ovni con mucha luz y un hombre con pezuñas de chivo?

Ciriaco Basilio Pancho se rascó las canas que colgaban bajo la boina y se volvió hacia sus contertulios, interrogándolos con la mirada. Ni uno solo se despegó de la blanca pared de la iglesia, donde —por todos los indicios— estos abuelos montan su tertulia cada vez que soplan buenos vientos sobre Garganta.

—¡Que dice el joven si sabéis algo de un ovni muy luminoso...! —gritó Ciriaco con toda su buena voluntad.

—¡Maldición! —mascullé con rabia mal contenida—. ¡Encima son sordos!

Una de las ancianas se encogió de hombros y el resto transmitió a Ciriaco —improvisado transmisor de mis lamentos, más que preguntas— que ellos no sabían nada de nada y que lo mejor que podíamos hacer era dejarlos en paz...

—¿No serán ustedes del gobierno? —preguntó a su vez otro de los paisanos, que no debía tenerlas todas consigo. Fue el buenazo de Ciriaco, que seguramente fue puesto allí y a esa hora por la Providencia, quien nos hizo el quite, tranquilizando al personal.

Mi desolación había llegado al límite. Así que, tal y como tengo por costumbre en estos angustiosos momentos, ofrecí un Ducados al afable «traductor» y, sentándome en los pulcros adoquines de la calle, me dejé llevar... De pronto, mi estómago se encargó de recordarme que no habíamos probado bocado desde las ya remotas indagaciones en el bar Colón de Jaraiz de la Vera.

Cuando me disponía a preguntar por algún lugar donde saciar el apetito, dando así por cerrada la investigación y nuestra estancia en Garganta la Olla, se me ocurrió lanzar un postrer lamento:

—¡Y pensar que habían llegado a decir que ese vecino fue visitado por el diablo!...

—¡Acabáramos! —estalló Ciriaco—. Ésa es la historia del Pancho.

Debí quedarme mudo por el sobresalto. ¿Estaba siendo víctima de alguna ensoñación o había oído bien?

—El Pancho era mi tío —prosiguió el bendito Basilio Pancho, que había empezado a dibujar una socarrona sonrisa en su cara de luna—. Nosotros siempre le escuchamos decir que se le había presentado el demonio...

Al acercarse a la lumbre, el Pancho observó que aquella "monja" tenía pezuñas como las cabras...

Ciriaco Basilio Pancho (en el centro), sobrino del testigo, que recuerda perfectamente el extraño "encuentro" del Pancho con la "mujer" de patas de cabra. Junto a Ciriaco, otros amigos y vecinos de Garganta la Olla, que habían conocido igualmente el misterioso suceso de labios del propio José Pancho.

Tenía su gracia. Si mis pesquisas hubieran estado orientadas desde un principio hacia la localización del pastor o campesino «que había visto al diablo y no a un ovni reluciente y a un hombrecillo con patas de chivo», de seguro que habría simplificado las mil complicaciones que venía padeciendo. (Todos los días se aprende algo.)

—Así que usted es su sobrino.

—Lo era. Mi tío murió hace años...

Es posible que en otras circunstancias, la noticia del fallecimiento del único testigo me hubiera llenado de desolación. Esta vez no. (Y como es mi costumbre, hablo con el corazón en la mano.) Me sentí tan reconfortado al comprobar que «algo» había de cierto en aquella primitiva «pista» que, la verdad, durante los primeros momentos, no alcancé a darme cuenta de la pérdida irreparable que suponía la desaparición del tal Pancho.

—Era agricultor —prosiguió el sobrino, a quien la presencia de aquellos forasteros, por mor de una tan singular historia, empezaba a sacar de la rutina cotidiana y, supongo yo, a divertirle lo suyo—. También tenía ganado: cabras. Y un día, cuando se hallaba en una choza de la finca «La Casilla», muy cerca de aquí, sintió voces. El Pancho contó que eran mujeres y que decían: «¡Qué frío! ¡Qué frío!» Mi tío salió a la puerta y, pensando que era alguien que se había extraviado, le invitó a entrar. Según contaba José Pancho Campo —que así se llamaba el susodicho—, una de aquellas mujeres penetró en la cabaña. Vestía de negro, como una monja, aunque, al contrario de lo que suele pasar con las verdaderas monjas, «aquélla» no hablaba...

»Mi tío le sugirió que se acercara a la lumbre y que se calentara. Cuando estaba atizando la candela, el resplandor de los leños le permitió ver los pies. ¡Eran pezuñas!...

»Aquello le llenó de espanto y el Pancho exclamó: «¡Jesús!» En ese momento, contaba él, la «monja» o lo que fuera salió de la choza a toda prisa.

»Mi tío, que era un hombre de probada valentía, regresó al pueblo y, desde entonces, se colgó varias cruces al cuello.

—¿Qué edad tenía el Pancho en aquellas fechas?

—Esto debió ocurrir hacia 1946 o 1948...

—Según mis noticias, en 1948 —puntualicé.

—Sí, no anda usted descaminado. Yo tenía entonces mis buenos treinta años —suspiró Ciriaco—. Ahora voy para sesenta y nueve, así que mi tío, que nació en el siglo pasado, tenía que rondar los sesenta años.

Con los últimos resplandores del crepúsculo yo tendría ocasión de verificar la edad exacta que contaba el Pancho cuando fue visitado por la enigmática mujer de patas de cabra. De momento —y no era poco— las cosas iban aclarándose.

A petición mía, Ciriaco comunicó después a sus compañeros de solana —a grandes voces, como siempre— el recién esclarecido motivo de nuestra visita a Garganta. Y al nombrar al diablo, las ancianas se santiguaron, mientras Eugenio Basilio Espino, más conocido por *el Merino*, de 86 años y pastor desde que tuvo uso de razón, repetía —punto por punto y a pesar de no haber oído la versión del sobrino del Pancho— el relato de Ciriaco Basilio.

No satisfecho, sin embargo, con estas primeras confirmaciones del suceso de 1948, le rogué a Ciriaco que me pusiera en contacto con otros parientes del testigo. De mil amores, el sobrino me acompañó hasta el patio-jardín donde sesteaba, al tibio sol, el único hijo vivo de José Pancho Campo, Santos Pancho, ya jubilado y a quien, en los primeros minutos de la conversación, no hubo forma humana —y dudo que divina— de sacarle una sola palabra sobre el suceso protagonizado por su difunto padre. Un suceso que, para mi desconcierto, parecía conocer todo el pueblo, pero desde el mencionado ángulo de la «aparición diabólica». Ninguno de los familiares y amigos del testigo —y estimo que hablé con una generosa representación— sabían o recordaban la segunda parte de la noticia: la súbita aparición en el cielo de una bola de fuego. También es verdad que este extremo, y otros muchos, sólo podrían ser despejados por el propio Pancho. Pero esto sí era poco menos que impracticable...

Al final, y merced a la machacona insistencia de los vecinos, Santos accedió a hablar, reconociendo que había escuchado el asunto de labios de su propio padre, aunque no era cierto que a partir de entonces «se convirtiera en un fervoroso católico».

—Mi padre fue un hombre recto, aunque jamás se volvió un beato. Y mucho menos por lo de la mujer con pezuñas... Eso son chismes de la gente.

—Me pregunto si su padre no sufriría alguna confusión al ver los pies de aquella señora...

—Es difícil —intervino Ciriaco, que no perdía comba—. El Pancho era cabrero. Figúrese si sabía o no distinguir unas patas de chivo...

El argumento del sobrino me pareció sólido. Además —y pensando con dos dedos de frente—, ¿a santo de qué iba a inventarse el tal Pancho una historia como aquélla? Lo más probable es que el simple hecho de contarla entre sus más íntimos le hubiera acarreado algún que otro martirio. (No perdamos de vista la fecha del «encuentro»: 1948, una época difícil para España, en la que la Iglesia católica ejercía una nefasta represión a todos los niveles.)

Considerando que el Pancho —de seguir viviendo— sumaría ahora unos noventa años, indagué también cerca de la persona más vieja del lugar. Resultó ser la «tía Emilia», de noventa años, sorda como un tabique, pero con la cabeza en su sitio. La abuela de Garganta la Olla estaba al tanto de la única «visita satánica» que se haya conocido en la aldea —«y esperemos que sea la última, hijo»—, facilitándome además todo lujo de pormenores y detalles sobre la personalidad del Pancho, a quien había conocido desde niña. «Tía Emilia» lo recordaba también como un hombre bregado, difícil de intimidar y honesto.

Y aunque una investigación ovni difícilmente puede darse por cerrada, tras recoger aquel amplio abanico de opiniones y pareceres, llegué a una primera conclusión: José Pancho Campo había sido testigo de algo lo suficientemente extraño y desconocido como para llenarle el ánimo de espanto.

Pero antes de pasar a la siempre resbaladiza interpretación de lo que vio el Pancho en 1948, quiero dar a conocer —también en rigurosa primicia— otro suceso, acaecido diez años antes en otro paraje del término de Garganta y que los lugareños conocen por el camino de Las Tortiñosas.

Este nuevo caso brotó mientras interrogaba a Francisca Gómez, vecina que fue del Pancho y que —huelga decirlo— refrendó íntegramente el encuentro del pastor con la «monja» de pies de chivo.

Cuando Francisca tomó confianza con un servidor, pareció animarse y terminó por contarme otro misterioso he-

Santos Pancho (en el centro), hijo de José Pancho. A su derecha, Francisca Gómez, hija del «Rojillo». En primer plano (a la derecha de la imagen), la abuela de Garganta: la "tía Emilia", de noventa años, tapándose el rostro con las manos. Nos contó cuanto sabía sobre ambos sucesos, pero se negó en redondo a "salir en los papeles".

"El Rojillo" (a la izquierda), con un sobrino.

cho, vivido y sufrido por su propio padre, Teodosio Gómez López, en plena época de las castañas, en el año del Señor de 1938.

—*El Rojillo* (o sea, mi padre) tendría entonces unos cuarenta o cuarenta y cinco años. Yo era todavía una niña, pero lo recuerdo como si fuera ahora mismo.

Aquella tarde, como tenía por costumbre, montó en su mula y salió del pueblo por el camino de Las Tortiñosas, dispuesto a recoger castañas.

—Al poco —según nos contó en repetidas ocasiones— observó delante de él, y a cosa de cuatro o cinco metros, una mujer alta (muy buena moza), que vestía de negro, con una larga falda casi hasta el suelo. La ropa, según mi padre, tenía brillo.

»Él pensó en un primer momento que podía tratarse de la tía Amalia, otra vecina, e intentó darle alcance. Pero, por más que espoleaba a la bestia, la mujer mantenía siempre la misma distancia. Si la mula aflojaba el paso, la señora vestida de negro hacía otro tanto. Si *el Rojillo* la azuzaba, la otra apretaba también. No sé si usted me comprende...

—Por favor... está clarísimo —le dije, invitándola a proseguir.

—Mi padre empezó a mosquearse. Y en vista de que la señora no se detenía ni volvía siquiera la cabeza, *el Rojillo* comenzó a cantar. Pero ni por ésas. Aquella aparición seguía camino arriba, siempre por delante de mi señor padre, que había empezado a temblar de miedo. Y debo advertirle que mi padre no era miedoso. Guardaba ganado desde los diecisiete años y siempre había caminado solo por esos riscos de Dios.

»Pero «aquello»...

—¿A qué hora pudo ocurrir todo esto?

—A eso de las nueve y media o diez de la noche. Había luna.

—¿En ningún momento le vio la cara?

—Según mi padre, no. Iba totalmente cubierta y, como le digo, vestía enteramente de negro.

Francisca terminó así su relato:

—Al llegar a la fuente de La Ritera, *el Rojillo* detuvo la mula para que bebiese. Aquella mujer se quedó allí, de espaldas, esperando a que mi padre remprendiera el camino. Después recogió las castañas y volvió a Garganta antes de lo habitual. Recuerdo que entró en la casa pálido como la cera y diciéndole a mi difunta madre: «¡No vuelvo, Agustina! ¡No vuelvo!»

—¿Llegó a verle los pies?

—Creo que no.

—Si nunca la vio de frente, ¿cómo sabía su padre que era una mujer?

—Digo yo que por las faldas...

Tanto Barturen como yo habíamos llegado al límite de nuestras fuerzas. Eran casi las cinco de la tarde y nuestros estómagos reclamaban sin el menor decoro. Así que suspendimos temporalmente las pesquisas y nos acomodamos en el bar de Antonio —también conocido por Los Nogales—, donde hicimos los honores a una sopa de picadillo de fina estampa y a otras carnes de la tierra.

Anda que te andarás, la tarde había empezado a escaparse en nuestras mismísimas narices, jugando a los colores con los tejados rojos y las negras balconadas de Garganta. Debíamos darnos prisa...

Tras apurar de un golpe mi obligado Cointreau, me eché a la calle con las prisas del que está a punto de perder el tren. No era para menos. Había quedado suelto un cabo importante: las fotografías —si es que las había— del Pancho y del *Rojillo*. Será probablemente por mi condición de periodista, pero —desde un punto de vista profesional— una información no está completa si no se ve acompañada, cuando menos, por las imágenes de los protagonistas.

Yo había lanzado ya algunas indirectas en mis anteriores conversaciones con parientes y amigos, a la búsqueda, naturalmente, de fotos de ambos testigos. Pero la gente de edad muestra una cierta flojera a la hora de sacar, de puertas afuera, las fotografías familiares. Por eso no me extrañó aquel gesto general, a caballo entre la disimulada negativa y el «vaya usted a saber dónde estarán las fotos del Pancho»...

Alguien —porque también es justo decir que siempre hay quien se pone de mi lado— dejó caer lo de Gala, nuera del pastor que vio al «diablo»: «Ésa seguro que guarda alguna foto...»

—Usted debe saber, y si no se lo digo yo —intervino Francisca Gómez como queriendo zanjar el asunto—, que en aquellos tiempos de maricastaña no había mucha costumbre de retratarse. De mi padre, sin ir más lejos, sólo debe quedar una única «afoto».

—¿Y dónde puedo encontrarla?

—Para mí que la tiene don Sinforiano, el juez de paz...

E insisto en lo de las prisas porque, si la suerte seguía de cara y lograba topar con algún retrato del Pancho, lo obligado en estas circunstancias era pedir prestado el documento gráfico (con solemne promesa de devolución) o, en su defecto, y si el familiar se negaba a correr semejante riesgo, tratar de fotografiar el cuadro o «afoto», como decía la buena de Francisca. Para esta última operación necesitaba un mínimo de luz natural (debo aclarar que odio el flash), y el sol —que a veces no parece tener sentimientos— había empezado a burlarse de todo, inquietando con su cara de naranja las rompedoras aguas del Garganta Mayor, a sus truchas y madrillas y a un servidor.

Gala Serradilla, de cincuenta y seis años, nuera del Pancho, asomó sus ojos de halcón peregrino y nos miró de hito en hito desde el número 7 de la plazuela del Portal. A la mujer no le habían advertido de nuestra visita y tuve que repetirle, punto por punto, quiénes éramos y qué pretendíamos.

—Pues lo siento mucho, pero yo no tengo esa foto que dice usted que guardo.

—Pero Santos Pancho y los demás me han dicho...

Gala fue seca y pertinaz:

—Y yo le digo que no.

Se hizo un silencio tenso.

—Verá usted —intenté argumentar, imaginando que la mujer desconfiaba—, no queremos llevarnos ninguna fotografía. Sería suficiente con que usted nos la enseñara...

Como ha ocurrido en otras investigaciones, si llegaba ese momento, yo disponía de mil trucos para lograr fotografiar el objetivo deseado, incluso sin que la propietaria cayera en la cuenta de tal maniobra. (Por supuesto, siempre apuro todas las vías «legales» antes de proceder a semejantes triquiñuelas.)

—¡Es que no hay tal foto! En aquella época no había costumbre...

—¡Hombre! ¿Y qué me dice del casorio?

—Tampoco. Sólo conservo un cuadro de mi suegra... Ahora se lo traigo.

Y Gala, que al fin y a la postre resultó ser una mujer

servicial, se perdió en la penumbra de su vivienda. A punto estuve de seguirla, pero me contuve. Si, como preveía, todo fallaba, tiempo habría de rogarle que nos invitara a pasar al interior de su casa. Una vez allí, yo me encargaría de localizar la foto deseada y, en último extremo, «tomarla en calidad de préstamo», para restituirla a su legítimo dueño una vez obtenido un duplicado. Sé que este gesto no resulta excesivamente ortodoxo, pero por encima de escrúpulos y sentimientos está mi obligación de informar.

Mientras aguardaba el retorno de Gala, abrí de un golpe la cremallera de la bolsa de las cámaras y comencé a mentalizarme para ese inminente «asalto» a la casa de la nuera del Pancho.

Cualquiera sabe cómo habría terminado aquella jornada en Garganta, de no ser por la providencial presencia en la recoleta plaza de doña Clotilde Iglesias Díaz, una dulce anciana de setenta y dos años, enlutada de pies a cabeza y que, al haber sido vecina del Pancho, se consideró en la obligación de presentarse a aquellos periodistas tan locos. (Para qué engañarnos: a aquellas alturas de la tarde, la aldea entera estaba al tanto de nuestras idas y venidas.)

Doña Clotilde dio por buena la historia del Pancho y nos proporcionó dos nuevas informaciones. La segunda, sobre todo, iba a salvar aquella delicada situación nuestra a las puertas de la casa de Gala Serradilla López.

Según la abuela —que no hacía otra cosa que repetir las expresiones del difunto Pancho—, «la mujer vestida de negro pronunció las siguientes palabras al entrar en la choza de "La Casilla": "¡Ave María Purísima!" Después, al atizar el fuego, fue cuando el Pancho le vio las pezuñas y soltó aquello de "¡Jesús!", que fue la causa de la precipitada huida del diablo, que a todas luces se había disfrazado de monja...»

Estaba claro —si me ciño a las versiones escuchadas en Garganta— que el paso de los años ha ido deformando y cambiando algunos de los pormenores del suceso. En verdad no hubo unanimidad en cuanto al número de «mujeres» o «monjas» que esa noche de 1948 llegaron a traspasar el umbral de la puerta de la cabaña del Pancho. Para unos fueron dos los visitantes. Para otros, uno solo. Para los más, el que salió corriendo al oír el nombre de Jesús fue el «diablo». Hay quien opina lo contrario y la totali-

De izquierda a derecha, Saturnina Herrero, Gala Serradilla (nuera del Pancho), la providencial doña Clotilde Iglesias Díaz, Esperanza Corza Guillén (la no menos providencial enterradora de Garganta la Olla) y el "Bartu". Abajo, entre doña Clotilde y Esperanza, el nicho de José Pancho y de su esposa.

Al fin, Esperanza, la enterradora de Garganta, nos mostró la lápida donde se encuentra enterrado José Pancho y su esposa.

El Pancho, testigo del misterioso suceso de Garganta la Olla.
La fotografía se encuentra en la lápida que cierra
el nicho donde reposa actualmente.

dad de los interrogados —de esto doy fe— coinciden en que el testigo juró por sus hijos que «aquel ser tenía patas y pezuñas de chivo».

Minutos antes de abandonar Garganta la Olla logré echar mano al primer vecino que supo de la aventura del Pancho: otro pastor de ochenta y un años —Donato Basilio—, que me ofreció una versión relativamente distinta de cuantas había reunido.

Según Donato, el Pancho había subido a «La Casilla» muy de mañana. El frío soplaba con fuerza y, estando preparando la lumbre, se presentó en la puerta de la choza un ser alto y vestido de negro. «¡Ave María Purísima!», le dijo aquel individuo.

El Pancho le preguntó «a dónde iba y qué buscaba», pero aquel hombre o mujer, o lo que fuera, no le contestó.

Después, al aproximarse a la candela, el Pancho vio que sus pies parecían pezuñas y lanzó aquel providencial «¡Jesús!». El ser se marchó y Pancho se quedó en la choza. Al día siguiente, al bajar al pueblo, me lo contó todo, «de pe a pa».

Pero no quiero romper el hilo de los acontecimientos. A los pocos minutos, y mientras doña Clotilde seguía explayándose a sus anchas, Gala puso ante nuestras narices una amarillenta y retocada fotografía de su suegra, doña Marcelina Herrero, que había seguido los pasos de su marido (hasta el cementerio se entiende) hacía poco más de nueve años.

—¿Y dónde consigo una foto del Pancho?

Doña Clotilde, que estaba a las duras y a las maduras, tuvo una idea acertadísima:

—Puede que en el cementerio encuentren ustedes lo que buscan...

Gala asintió y añadió:

—Iré por la llave.

¡Cómo no se me había ocurrido! La abuela llevaba razón. En multitud de cementerios —especialmente en tierras del sur— es costumbre ilustrar las lápidas con una foto del muerto.

Escudriñé los cielos y casi di por perdida la batalla: el sol se había ido.

Forcé la marcha hasta el camposanto, dando por sentado que se levantaría a las afueras del pueblo. Pero no. En

Garganta todo está al alcance de la mano, incluyendo la última morada. Al descubrir las cuatro tapias blanqueadas del cementerio, a poco más de un suspiro de la plazuela del Portal, uno tiene la sensación de que aquellos muertos forman parte todavía del devenir de los hombres y las cosas de la inolvidable población cacereña. En realidad —y lo digo con todos los respetos—, es como el que guarda los enseres más queridos en el cuarto de atrás. Están y no están...

Gala se unió pronto al improvisado cortejo que formábamos doña Clotilde, el «Bartu», una tal Saturnina Herrero Leonardo —que nunca supe qué pintaba en aquella «expedición» al camposanto gargantino— y yo. La luz se me estaba yendo de las manos. Una vez en el interior me pegué como un poseso a la treintena de nichos donde —según doña Clotilde— habían sido enterrados el Pancho y su señora esposa. Pero la lápida de José Pancho y Marcelina Herrero no terminaba de aparecer. ¡Era para volverse loco!

Tras un segundo y vertiginoso repaso a las inscripciones, llegamos a la conclusión de que sólo podían estar sepultados en uno de los dos nichos cuyas lápidas quedaban ocultas por sendas e impertinentes barreras de flores de plástico blancas, amarillas y azules. Para colmo de desgracias, las lápidas de marras estaban protegidas por unas sólidas portezuelas de cristal, cerradas —a mí me lo pareció, al menos, en aquellos angustiosos minutos— por siete llaves o más.

Con la nariz pegada al cristal, e intentando adivinar el nombre del difunto, llegué a concebir —en el caso de que la inminente caída de la noche nos hiciera polvo el proyecto de fotografiar la supuesta foto del Pancho— la aberrante idea de regresar esa misma noche y, destornillador en mano, soltar la lápida para proceder así a una cuidadosa extracción de la fotografía. Para ello debería actuar con cautela y a altas horas de la madrugada.

Pero estas calenturientas intenciones se esfumaron —gracias a Dios— cuando entró en escena doña Esperanza Corza Guillén, tuerta de nacimiento, enterradora oficial de Garganta y con setenta y cuatro bondadosos años entre las sarmentosas manos.

—Que no, Clotilde, que no —soltó sin más la sepulturera, que venía ya avisada por el «Bartu», a quien, en mitad de mi desesperación, había suplicado que se echara una carrera hasta la casa del depositario de las malditas llaves, de los no menos malditos cristales (con perdón).

—Que no está ahí, Clotilde. Que al Pancho y a la Marcelina les dimos tierra en este lado.

De la mano de la enterradora, la cosa fue como la seda. (Aunque el lector no lo crea, procuré tocar madera desde el principio al fin de esta visita al cementerio.) Esperanza fue derecha hasta el nicho y abrió la cristalera:

—Aquí lo tiene usted. ¿Puedo servirle en algo más?

Gracias a la semipenumbra que entraba ya por las puntas de las cruces de hierro, la Corza no debió notar mi media sonrisa. Y ya, en los siguientes minutos, me volqué materialmente sobre la lápida de mármol negro —situada a ras de tierra—, quemando un rollo de TRI-X sobre el medallón elíptico en el que había sido encerrada una de las escasas fotografías (quién sabe si la única) del hijo de Garganta, que pasará a la historia como el pastor que «vio a Satanás».

Jamás había rezado un padrenuestro en cuclillas. Pero aquella tarde —todavía con la Nikon entre las manos y mientras me peleaba con las tinieblas— se me ocurrió que, como creyente, tampoco estaría de más agradecer allí mismo a la Providencia, aunque fuera con las posaderas pegadas a los calcañares, la inestimable ayuda que, a no dudar, me había regalado.

El testigo —según reza la lápida— falleció el día 1 de mayo de 1962, a los setenta y dos años. Esto significa que el «encuentro» con la o las «mujeres con pies de chivo» debió ocurrirle a los cincuenta y ocho años aproximadamente. Marcelina, su mujer, había sido sepultada once años más tarde —el 17 de diciembre de 1973—, a los setenta y siete años de edad.

Allí, frente al nicho compartido del matrimonio Pancho-Herrero, me vino un pensamiento —¿o fue un sentimiento?— acerca de la muerte del pastor: ¿cuál había sido la causa del fallecimiento? ¿Pudo sufrir el Pancho algún tipo de trastorno, como consecuencia de su extraño contacto con aquel ser? Sólo había un medio para averiguarlo y, al despedirme de la enterradora, de doña Clotilde y de Gala, me interesé por el médico que había asistido al Pancho en sus últimos minutos. Era don Mariano Pérez Gómez, jubilado y residente en Madrid desde hacía pocos años. Doña Marina, su hermana, vivía aún en Garganta y allí me presenté, dispuesto a conseguir la dirección o el teléfono del galeno.

Doña Marina terminó por ceder, no sin antes preguntar todos los «porqués».[1]

Mecánicamente nos dirigimos a la plaza del pueblo. Aquella fatigosa jornada estaba a punto de cerrarse. Sin embargo, al repasar mis notas recordé que no disponía de una sola foto de *el Rojillo*. Había que localizar al juez de paz...

No fue muy difícil. Al segundo o tercer intento, alguien me presentaba al redondo don Sinforiano García Pérez, hombre de paz, aunque nadie le hubiese colgado el título de juez. A don Sinforiano le sobraron unas leves pinceladas para fijar en su memoria de qué foto se trataba.

—La recuerdo muy bien —puntualizó mientras nos invitaba a seguir con su cuadrilla por la muy particular «senda de los elefantes» de Garganta—; *el Rojillo* se la hizo con un hijo mío. Pero tendrán que esperar a que mi mujer salga de misa de siete. Es ella quien la guarda.

—Por cierto, deduzco que *el Rojillo* sería de izquierdas.

—No, señor. Era de derechas.

A partir de ese comentario —y muy a pesar mío—, don Sinforiano y su grupo se enzarzaron en un debate sobre las derechas y las izquierdas, sobre el dudoso porvenir de este país y sobre las probadas excelencias del vino de la Vera. Menos mal que la señora del juez de paz no tardó en cortar el jaleíllo dialéctico, aunque —a la vista de lo que iba a suceder— no sé yo qué hubiera sido menos malo...

Me explico. Cuando el señor juez y servidor dábamos por hecha la entrega de la foto *del Rojillo*, he aquí que la parienta de don Sinforiano empezó a remolonear, alegando que «ésa era una labor de chino» y que ella no buscaba la foto de marras.

En mitad de la concurrida calle, y para sonrojo de propios y extraños, la mujer —y tampoco le faltaba razón—

1. Meses más tarde, en una de mis múltiples visitas a Madrid, tuve la fortuna de celebrar una larga entrevista con don Mariano. El entrañable médico, que trabajó durante cincuenta años en Garganta la Olla, conocía muy bien al Pancho y, por supuesto, la historia de su extraño encuentro. Sin embargo, al interrogarle sobre las causas de su fallecimiento, don Mariano Pérez Gómez fue rotundo: «El Pancho murió como consecuencia de un proceso pulmonar.» Según el doctor, aquel misterioso «contacto» con la «mujer de patas de cabra» no influyó lo más mínimo en su salud. Por otra parte, el Pancho era un hombre fuerte, alto y vigoroso.

puso el grito en el negro cielo de Garganta y nos dejó compuestos y sin foto. Ni las súplicas ni los razonamientos ni la autoritaria voz del juez fueron capaces de conmover las entrañas de la señora.

—No se preocupen —sentenció el juez, tratando de quitarle hierro al momento—. Mañana, con calma y mejor cara, les buscará a ustedes esa dichosa foto y yo mismo se la enviaré por Correo.

Y debo decir, por aquello de la justicia, que don Sinforiano (como es fácil comprobar en estas mismas páginas) cumplió su palabra.

Las prisas —las malditas prisas— por llegar al siguiente pueblo y cubrir una nueva investigación me obligaron a dejar en el aire una sabrosa conversación con los curas de Garganta, a quienes, naturalmente, también quise consultar sobre el suceso del Pancho y la mujer con pezuñas de chivo. Espero que el paciente lector sepa perdonarme por dejar dicha discusión para mi segunda y no menos singular visita a la aldea cacereña.

Trujillo —nuestra siguiente meta— se encontraba a muchos kilómetros de Garganta la Olla y el cansancio empezaba a notarse en todos mis huesos. Pero era del todo necesario echarse esa misma noche a las carreteras y alcanzar la villa de los conquistadores. Yo intuía que el destino nos reservaba nuevas y desconcertantes aventuras.

6

También en Estados Unidos tienen «mujeres» monstruosas. Pero ¿es que Luzbel tiene cuernos y rabo? Pobre del Pancho si lo agarra la Santa (?) Inquisición. Donde se narran los graves inconvenientes de que a uno se le meta un moscardón por la oreja. Torturas mil en nombre de Cristo. De cómo mirando el ojo izquierdo puede descubrirse a brujas y hechiceros. El colmo: condenado por apostatar de Satanás. Donde se cuenta la historia del ángel «Zequiel» o ríase usted de los futurólogos de hoy día.

En los días que siguieron a mi visita a Garganta la Olla —y también en los meses sucesivos— le di muchas vueltas al caso de la «mujer o monja con pezuñas de chivo». No era fácil encajarlo. (¿Por qué los seres humanos tendremos esta obsesión por encasillarlo y etiquetarlo todo?) ¿Qué otros sucesos similares conocía yo que hubieran sido aceptados por la ufología «oficial»? Con patas de cabra —lo que se dice con patas de cabra—, ninguno. Sin embargo, después de interrogar a los sencillos habitantes de Garganta, yo había aceptado ambos hechos (el del Pancho y el del *Rojillo*) como ocurridos realmente. Los testigos estaban muertos y enterrados y jamás pretendieron «sacarle partido» a sus respectivos «encuentros» con aquellas «mujeres». Al contrario. Yo apostaría cinco contra uno a que en aquellos años lo pasaron mal, simplemente por el hecho de contarlo a sus parientes y paisanos. (Imagino las caras de guasa o terror de los convecinos). Los sucesos, no obstante, tuvieron que marcar a fuego el corazón de Teodosio Gómez López y de José Pancho Campo. De no ser así, ¿cómo justificar que tales sucedidos hayan permanecido frescos en la memoria de las gentes de la aldea? Una vulgar broma o un sueño mal digerido —como las doradas hojas del tabaco gargantino— se habrían quemado en cuestión de semanas o meses. ¡Y yo me dejé caer por las frondosas tierras que preside el Garganta Mayor 46 y 34 años después de ocurridos los hechos, respectivamente!

Aclarado este punto —suponiendo que fuera necesario aclararlo—, volvamos con *el Rojillo*. En la narración que construyeron su hija y demás amigos hay un aspecto que me resisto a pasar por alto. «La mujer vestida de negro —había descrito Francisca Gómez— siempre guardaba la misma distancia con mi padre. Si *el Rojillo* le metía prisa a la mula, la buena moza aceleraba el paso. Si se paraba, ella hacía lo propio...»

Esto sí aparece —a cientos— en la casuística mundial ufológica. Estoy cansado de conocer e investigar casos de personas que han sido perseguidas o acompañadas, sobre todo por silenciosas luces de todos los tamaños, que mantenían siempre la misma distancia (por delante o por detrás) con el desconcertado caminante o automovilista. Sin querer —puesto que Francisca no ha leído un solo libro sobre ovnis—, la hija del *Rojillo* me había dibujado uno de los rasgos típicos de los encuentros cercanos con estas naves o con sus ocupantes. ¿Es que la misteriosa mujer «de luto» que precedió al vecino de Garganta la Olla en su caminar hacia Las Tortiñosas podía ser un «humanoide»? ¿Y por qué no?

Recuerdo que al escuchar el caso de Teodosio me vino a la memoria otra experiencia que, aunque con notables diferencias, encierra, sin embargo, cierto parecido con la mencionada «mujer de vestiduras oscuras». Este «encuentro» tuvo lugar en la noche del 12 de septiembre de 1952 en los bosques cercanos a Flatwoods, en el estado norteamericano de Virginia. Aquella tarde, un grupo de jóvenes vio caer en la cumbre de una colina próxima lo que pensaron que podía tratarse de un meteorito. Picados por la curiosidad, los muchachos resolvieron subir al cerro. Se pusieron en camino y, poco antes de alcanzar la colina, se detuvieron en la casa de la señora K. Hill. Contaron lo sucedido a la matrona y ésta, en compañía de sus dos hijos y de un miembro de la guardia nacional —Gene Lemon— se unieron al voluntarioso grupo.

Al subir a lo alto de la colina, los vecinos de Flatwoods observaron en la lejanía una bola o globo luminoso. Más tarde declararon que «era grande como una casa» y que, en aquellos instantes, comenzaron a escuchar como un «sonido palpitante» o como un «siseo».

De pronto, uno de los testigos creyó haber visto los ojos de un animal entre las ramas de un árbol. Dirigió la luz de su linterna hacia el lugar y el grupo quedó petrificado por el pánico. Una figura muy voluminosa —de unos tres a cinco metros de altura— se hallaba bajo las ramas inferiores.

—Tenía un rostro rojo como la sangre —declararon los miembros del grupo— y unos ojos verde-anaranjados. La parte inferior de la figura estaba en la sombra.

La señora Kathleen confesó que creía haber distinguido una serie de pliegues, como los de una larga falda o vestidura. En eso, aquel ser monstruoso comenzó a avanzar lentamente —como si flotase—, provocando la atropellada huida de los vecinos.

El resto de esa noche, algunos de los aterrorizados testigos experimentaron agudas náuseas. (Este hecho fue ratificado por el director del periódico local, que poco después del fantasmal encuentro de los muchachos recorrió la colina sin ver nada extraño.)

Al día siguiente, el director y otras personas regresaron al cerro y descubrieron un círculo de hierba quemada y dos surcos paralelos, como si alguien se hubiera deslizado por la tierra con unos patines. Todos coincidieron en que cerca del suelo permanecía un olor irritante y desconocido.

Aquella misma noche del 12 de setiembre, otros muchos observadores denunciaron haber visto un «meteorito» que sobrevolaba la región en vuelo casi rasante y completamente horizontal. Y otro tanto se registró en la costa central del Atlántico.

Y yo me pregunto: ¿qué hubiera contemplado *el Rojillo* si aquella «dama de negro» se hubiera vuelto?

Me refería en páginas anteriores a la sospechosa tradición de la Iglesia católica de asociar el infierno y a Satanás con el olor a azufre. Pues bien, al desenterrar los casos de Garganta la Olla —y muy especialmente el del Pancho—, mis viejas teorías se vieron reforzadas: en la antigüedad y en tiempos no tan remotos, la observación de un ovni o de sus ocupantes pudo ser motivo de grave confusión entre las gentes y, lo que es peor, de trágica manipulación por parte de clérigos e inquisidores. (Si esos tripulantes del espacio —para colmo— ofrecían algún aspecto monstruoso, peor que peor.) Sin el menor conocimiento de lo que iba a ser en el futuro la carrera espacial (iniciada el 4 de octubre de 1957 con el lanzamiento del Sputnik 1), sin información alguna sobre los ovnis y arrastrando —todavía en 1948— la ancestral creencia de que el diablo tiene cuernos y patas de chivo, ¿a qué conclusión podía llegar el bueno del Pancho después de tropezar con aquel ser de «patas de cabra»? Sólo a la que, en efecto, yo acababa de conocer y que es conservada por las buenas gentes de la aldea: «que el Pancho había visto a Satán».

Es obvio que yo no comparto esta explicación. Jamás he imaginado a Luzbel y a sus hordas con astas y rabo. Si es que existen —y todo parece indicar que sí—, lo más lógico es que conserven su antiguo poder y, ¿por qué no?, también la belleza que les atribuyen los textos bíblicos. Estos razonamientos —lo confieso con un cierto repeluzno— no hubieran sido aceptados por la Santa (?) Inquisición ni por el llamado «nacional-catolicismo», de los no menos oscuros tiempos del antiguo régimen. ¡Pobre Pancho si hubiera tenido la desgracia de vivir en los siglos XIV, XV o XVI y hubiera cometido la torpeza de contar su aventura con el «ser de patas de chivo»!

Por mucho menos, los inquisidores de aquellos siglos —siempre en nombre de Dios— mandaron al quemadero, a las salas de tortura o a las prisiones secretas a miles de infelices. Y, como no me gusta hablar por hablar, aquí están algunos tristes ejemplos, tomados al azar de la *Historia crítica de la Inquisición en España*, del gran erudito y secretario del Santo Oficio, Juan Antonio Llorente.[1]

1. En la primera mitad del siglo XVII, el doctor Simón Núñez Cardoso, natural de Lamego de Portugal, vecino de Pastrana y doctor en medicina por la Universidad de Salamanca, médico titular de Cifuentes, fue detenido por los inquisidores y sometido a duros tormentos «por tener pacto con el diablo». Este rumor —que siempre negó el prestigioso galeno— había arrancado porque en cierta ocasión se le había metido un moscardón por la oreja y las malas lenguas lo identificaron con Satanás, «que le ordenaba así un silencio total en cosas de religión».

2. El 22 de junio de 1636 hubo otro auto de fe general en Valladolid, con veintiocho reos. Entre éstos figuraban

1. Juan Antonio Llorente fue secretario de la Inquisición en Madrid durante los años 1789, 1790 y 1791. Convencido de lo abominable de esta institución, dedicó buena parte de su vida a recoger información sobre los miles de crímenes y abusos del Santo Oficio.

Esta mujer presenció, en compañía de otros muchachos, la aparición de un ser monstruoso en los bosques próximos a Flatwoods (Virginia Occidental) en la noche del 12 de setiembre de 1952. Tenía aspecto de mujer y una altura superior a los tres metros.

una beata que aseguraba haber visto al diablo, diez judaizantes, ocho embusteros con título de hechiceros, tres bígamos y tres blasfemos. Pues bien, el criminal tribunal —siempre en nombre de Cristo— los condenó a cárcel y sambenitos[2] perpetuos. Pero antes, y mientras duró el largo proceso, los reos fueron clavados por una mano a media cruz de madera. Y así asistieron a la totalidad de la causa.

3. Muy famoso fue el juicio celebrado en noviembre de 1610 en Logroño contra cincuenta y tres indefensos ciudadanos, de los cuales dieciocho fueron acusados de brujos (es decir, de tener comercio, trato y todo tipo de asociación con el demonio). Estos supuestos brujos eran de la villa de Vera, y lugar de Zugarramurdi, en el valle navarro del Baztán. Llamaban «Akelarre» a sus asambleas (término euskérico que puede traducirse por «Prado del cabrón») porque las sesiones se celebraban en un prado —cuyo verdadero nombre fue Berroscoberro— en el que, según ellos, solía aparecerse el diablo bajo la figura de un macho cabrío. Tras una larga serie de torturas que haría palidecer a los nazis, los infelices fueron quemados vivos.

4. En 1507, la inquisición de Calahorra hizo quemar «por brujas y hechiceras» a treinta y tantas mujeres y en 1527 se descubrió en Navarra una multitud de sectarias del diablo. Fray Prudencio de Sandoval, monje benedictino, obispo de Tuy y posteriormente de Pamplona, cuenta en su obra *Historia de Carlos V* que dos muchachas —de once y nueve años— se delataron a sí mismas ante los oidores del Consejo real de Navarra, confesando haber incurrido en la llamada «secta de las brujas». Prometieron entonces que, si las dejaban sin castigo, declararían a la Inquisición el modo para descubrir a las numerosas per-

2. El sambenito era una prenda penitencial para aquellos que resultaban castigados por los tribunales de la Inquisición. En España se denominó así por corrupción de las palabras «saco bendito». Su verdadero nombre era «zamarra», aunque prevaleció el de «sambenito» porque, desde los hebreos, se llamó «saco» al vestido de los penitentes. En los siglos anteriores al XIII se acostumbró a bendecir el «saco» que habían de usar como vestido aquellos a quienes se imponía penitencia pública. De esta práctica derivó en realidad el renombre de «saco bendito». Se trataba de una túnica cerrada —como las sotanas de los clérigos— que fue adoptada por los inquisidores desde un principio. Había sambenitos de varias clases —según el tipo y grado de herejía o culpa del reo—, aunque los más comunes eran de paño vulgar y de color amarillo.

sonas que tenían trato con Satanás. Se les prometió dejarlas impunes y confesaron que «con sólo ver el ojo izquierdo a cualquiera podían decir si eran o no brujas».

5. La perversidad y «miopía» mental de estos sacerdotes y demás representantes de la Iglesia católica rayaban en ocasiones el ridículo. Éste fue el caso, por ejemplo, de un artesano de principios del siglo XVIII, que fue preso por afirmar públicamente que los demonios no existían y que todo aquello era una patraña. Al parecer, al vecino de Madrid le iban tan mal los negocios que recurrió —en último extremo— a un posible pacto con Satanás. Él vendía su alma al diablo y éste le saneaba las finanzas...

Pero, a pesar de los esfuerzos, conjuros y múltiples invocaciones del artesano, Lucifer no dio señales de vida. El paisano terminó por aburrirse y apostató... de Satanás. El suceso llegó a oídos de los inquisidores y éstos condenaron al «hereje» a un año de cárcel y a confesar y comulgar en las tres pascuas de cada año, mientras viviese.

6. Claro que mucho más divertida fue la historia del famoso mágico Eugenio Torralba, médico de Cuenca, citado por Cervantes en *El Quijote.* Este viajero infatigable afirmó pública y privadamente que tenía por amigo, «guía» y protector a un «ángel bueno» llamado «Zequiel», capaz de ponerle en antecedentes de los sucesos que iban a acontecer. Este ser —según el testimonio del propio Torralba— era «un joven blanco, de cabello rubio y vestido encarnado».

Los aciertos de Torralba en materia de «futurología» fueron tales —siempre gracias a la ayuda de «Zequiel»— que terminó por ser delatado al Santo Oficio, que procedió a su encarcelamiento en 1528. Los inquisidores ordenaron que fuera torturado «cuanto la calidad y edad de su persona sufriese», para que declarase cuál había sido la intención con que recibió y conservó al espíritu «Zequiel».

Tras cuatro años de cárcel y tormentos, el doctor Torralba fue condenado por la Inquisición a penitencia de prisión y sambenito por el tiempo que expresara el inquisidor general y, sobre todo, «a no hablar ni comunicar con el ángel "Zequiel", ni dar oídos a lo que le dijese de propio movimiento, porque así le convenía para el bien de su alma y seguridad de su conciencia».

¿Para qué seguir? El lector mínimamente informado

en la temática de los ovnis habrá comprendido que la Santa (?) Inquisición —de haber llegado hasta nuestros días— habría hecho estragos entre cuantos aseguran haber visto y hablado con los tripulantes de estas naves. ¿Y qué decir de aquellos que saben y sienten la presencia de esos otros seres —a mí me gusta llamarlos «celestes»— que, como el «Zequiel» de Torralba, han sido y son «guías» espirituales de infinidad de humanos? ¿Qué me hubiera ocurrido a mí mismo, autor de libros como *El Enviado, Los astronautas de Yavé, El Ovni de Belén, Sueños*, o *Los visitantes*? Quizá algún día me anime a expurgar en los archivos del Santo Oficio y a rescatar del olvido a esa legión de «herejes», «heterodoxos» o simples «contactados» que un día —allá en plena Edad Media— fueron fieles a sus ideas o a lo que habían visto en los cielos. El lector quedaría sobrecogido si comprobara cuántos hombres y mujeres fueron abrasados o torturados por haber declarado que habían sido testigos del descenso o vuelo de lo que hoy llamamos ovni o de la presencia de «gigantes», «diablos» o «monstruos» junto a fulgurantes «bolas, cruces o discos de fuego»...

7

Un olvido que me permitió volver a Garganta la Olla. No se fíe usted de los pinchazos: pueden estar «programados». «Yo me quedo en la Venta del Loro, ¿y usted?» Nunca fue tan oportuno mi amigo Pepe, el de muebles México. «El "pobre Manuel" no miente nunca, señor.» Otra vez la sombra de la guerra civil o a la fuerza ahorcan. «Nos quedamos cagaditos de miedo.» Donde se repite la visión de Ezequiel (el de la Biblia). «A mí me recordó un antiguo pan de maíz.» Salieron dos «escayolados». Yo no sabía que los extraterrestres también tienen problemas de obesidad. A ver si van a resultar simples turistas cósmicos. Viaje al corazón de la sierra de Retín: allí me gustaría ver a los hipercríticos y demás «fauna» recalcitrante. Lamento al pie de un acebuche.

Uno, al final, en esta impenitente persecución, termina por hacerse a todo. Cuando alguien convierte su vida en una aventura —porque eso es la investigación ovni—, todo es nuevo y normal y obligado y hasta posible. Incluso, olvidar uno de los casos que me había llevado a Garganta la Olla. Fue a muchos kilómetros de Vera cuando golpeé el volante con las palmas de las manos y maldije aquel inexplicable bloqueo mental. ¡Había olvidado la exploración del caso de la anciana y el «ángel»!

Por un momento dudé. ¿Doy media vuelta? A los pocos segundos aceleré de nuevo. ¿Es que hay algo más entrañable y agradecido que volver a los lugares que uno puede haber amado o sentido? Y con este pensamiento revoloteando por mi cerebro me abandoné a mi suerte, dejando en los dedos del destino esa segunda visita a la aldea que juega a vivir. Mi contacto diario con la realidad ovni —que viene a ser como acariciar sin descanso lo más noble de todas las ciencias humanísticas— me ha entrenado, entre otras disciplinas, para luchar hasta el límite de mis fuerzas, sin perder de vista ese necesario pellizco de lo desconocido, de lo imprevisible y de lo imprevisto.

Y puesto que estoy embarcado en el rastreo de casos ovni anteriores a la era oficial —o sea, a la decada de los años cincuenta—, ahorraré al lector las venturas y desventuras en las que me vi envuelto en días sucesivos en pueblos como Logrosán, Guadalupe y Torrehermosa. (Aunque pueda sonar a machista y escandaloso, en mi opinión, los pellizcos al destino —como al buen vino o al trasero de una real hembra— conviene saber administrarlos.) Así que, sin más rodeos ni preámbulos, saltaré al mes de julio de 1980.

Ahora, a cierta distancia, digo yo que aquel pinchazo en la tórrida tarde gaditana del 21 de julio tuvo que estar misteriosamente programado. (No sé si me repito, pero, por si acaso, sepa el lector que hace tiempo que no creo en la casualidad.)

Cambié la rueda de mi llorado «Seat azul-marica» y proseguí con mis investigaciones. Al día siguiente, enfrascado como andaba en un caso difícil, me olvidé de reparar la rueda. Sin embargo, al volver de Cádiz a Barbate, mi pueblo, noté que el coche se desviaba peligrosamente hacia la derecha. Mi permanente rodar por las carreteras me ha enseñado a no jugar con estas cosas. Me detuve en una de las gasolineras próxima a San Fernando e intenté, cuando menos, revisar la presión de los neumáticos. Fue imposible. Una larga fila de automovilistas se disponía a hacer otro tanto. No tuve paciencia y cambié de parecer: arreglaría el fallo en casa, en Barbate.

El 23 de julio, a las doce del mediodía, tras reparar el pinchazo y solventar otro interesante caso ovni con *el Mojama* y *el Azofaifa* —dos vecinos de Barbate—, aparqué en la estación de servicio, a las afueras de la localidad. Antes de remprender la marcha —esta vez hacia Vejer de la Frontera— quise revisar los niveles. Una de las ruedas, en efecto, estaba baja. Fue entonces cuando me fijé en aquel hombre delgado, cetrino y de unos cincuenta años, que seguramente estaba allí antes de que yo llegara a la gasolinera.

Con ademán tímido el hombre me preguntó hacia dónde me dirigía.

—Voy a Vejer —le dije, al tiempo que descubría a escasos pasos a una señora de raza gitana que, en un primer momento, tomé por su madre.

—Yo me quedo en la Venta del Loro. ¿Puede usted llevarnos?

Aquello estaba a medio camino entre Barbate y Vejer y, aunque no soy muy aficionado a recoger autostopistas, «algo» me impulsó a aceptarlos. En el «stop» mismo de la gasolinera, y con la proa apuntando ya hacia los pinos mediterráneos que consienten el paso de la carretera, me detuve unos segundos ante la proximidad del Dodge de José de Jesús Rodríguez Gomar (Pepe, el de muebles México para los amigos), que «casualmente» salía de su negocio, ubicado a la vera de dicha estación de servicio. Al saludarle, me hizo una señal para que esperase. Dio la vuelta a la plaza que abre y cierra el pueblo y, saltando de su coche, se dirigió a mí con paso nervioso:

—¿Qué tal el asunto de Nájaras?

Yo había descubierto este fenomenal caso de aterrizaje y encuentro con los ocupantes de un ovni en la carretera de Vejer a Medina Sidonia (al que me referiré en un segundo libro) gracias a otra «pista» que me había brindado mi joven amigo. Era natural, por tanto, que, al verme, me preguntara.

—Impresionante —le respondí—. Ya te contaré... Por cierto, ¿vendrás mañana al faro de Trafalgar? Estaremos todos: Justo, Eloísa, Ana, Pilar, Castillo, Raquel y yo...

—Allí estaré. A ver si tenemos suerte y vemos un ovni.

Mi inesperado compañero de viaje no tardó en ofrecerme un cigarrillo. Y mucho antes de la curva del cementerio, Manuel Jiménez Junquera —más conocido familiarmente en Barbate como el «pobre Manuel»— me preguntó con voz queda, como el que no desea ofender:

—¿Usted cree en los ovnis?

Le miré por el rabillo del ojo. El «pobre Manuel» seguía serio, medio camuflado por el humo blanco del tabaco.

—Más de lo que usted pueda imaginar...

Pero mi nuevo amigo no respondió. Observé a la señora por el espejo retrovisor. Parecía ausente.

—¿Por qué lo pregunta?

—Es que yo he visto uno.

Manuel Jiménez Junquera, a quien sinceramente no había visto en mi vida, a pesar de haberme correteado las calles de Barbate desde que tenía tres años, notó que aminoraba la velocidad y que le observaba con cierta severidad.

—¿Está seguro?

—Nunca miento, señor. Además, no fui el único que lo vio. «Habíamos» cuatro o cinco cabreros...

A 40 kilómetros por hora y deseando que la Venta del Loro no apareciese nunca, tuve conocimiento —por primera vez— de otro caso espléndido, ocurrido en el verano de 1939 en el corazón de la sierra del Retín; la que monta guardia con sus lomas azules y graníticas frente a Zahara de los Atunes y Barbate.

—Vimos, incluso, cómo salían dos «tipos» muy altos —añadió Manuel, que parecía descargarse así de un pesado fardo.

Lamenté aquella obligada separación bajo el sombrajo de cañas y bramante de la Venta del Loro. Pero Manuel aceptó proseguir nuestra conversación en cualquier momento. Parecía un hombre abierto, sincero, aunque de pocas palabras y gesto adusto. En los días siguientes supe que, en efecto, tal y como sospechaba, el «pobre Manuel» era una persona honrada a carta cabal y de condición noble, como buen barbateño.

Con estas garantías busqué un segundo encuentro, y Manuel Jiménez —al que siempre acompaña aquella renegrida e impenetrable gitana (luego supe que se trataba de su mujer)— me contó su experiencia con los ovnis. Una experiencia que —según mis posteriores chequeos en el pueblo— dejó atónitos a cuantos le conocen. Tanto Manuel como sus compañeros de pastoreo habían mantenido el secreto durante ¡cuarenta años!

—Pues verá usted —comenzó el «pobre Manuel», después de mojarse los labios con un «sol y sombra»—. Yo era un zagal. No sé si tendría los seis o siete años. Había terminado la guerra de Franco; de eso sí me acuerdo. Ésta, precisamente, fue la razón por la que no dijimos nada a nadie...

—No entiendo.

—Claro —se lamentó Manuel—, es que usted no debió conocer la guerra. Si hubiéramos acudido al cuartelillo, seguro que nos dan hasta hartar... El señor Enrique, el encargado del rebaño, nos metió el miedo en el cuerpo y ni uno solo se fue de la lengua. ¿Cómo íbamos a decir nosotros que acabábamos de ver bajar un aparato lleno de

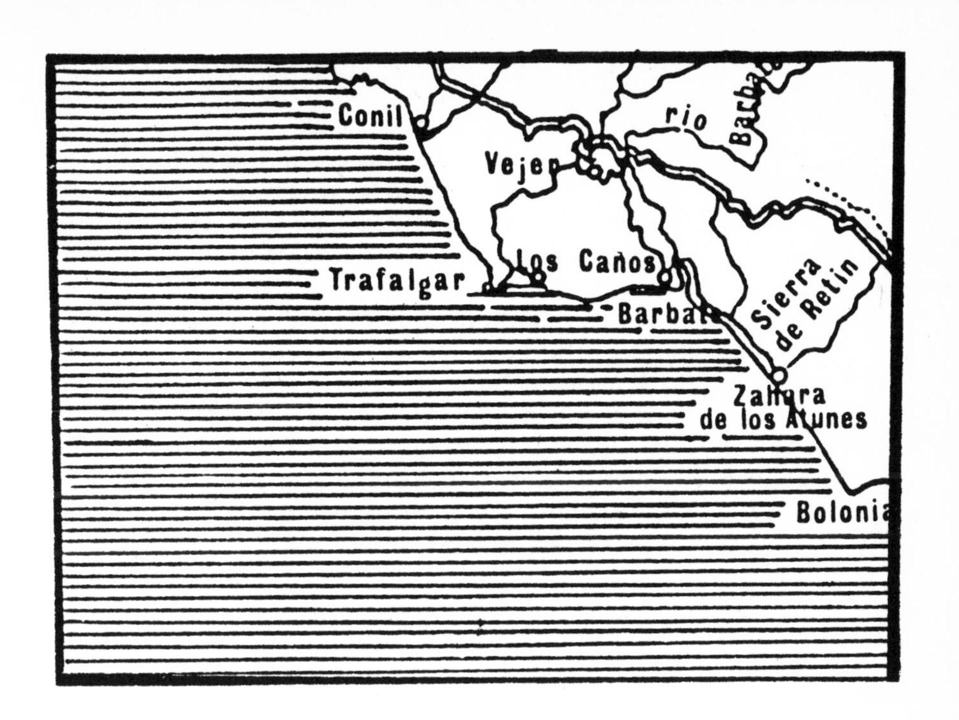
Conil
Vejer
rio
Barba
Los Caños
Trafalgar
Barbate
Sierra
de Retin
Zahara
de los Atunes
Bolonia

luces y que dos hombres altos como chumberas se habían paseado por la pradera?

—Estamos en 1939...

—En el verano de 1939, para ser precisos. Como le digo, hacía muy poco que había terminado la guerra de Franco...

»El sol corría muy alto. Por eso deduzco que tenían que ser las doce del mediodía o más. Los zagales y yo —todos de la misma edad, poco más o menos— estábamos en pleno monte, en una finca que llaman «Los Majales». Hacía calor y andábamos medio tumbados, buscando refugio a la sombra de retamas y lentiscos. Y en eso, las cabras pegaron un salto y se desperdigaron monte arriba y monte abajo. Yo me puse en pie y alcancé a ver un aparato redondo, reluciente como un cristal, que pasó a baja altura sobre nuestras cabezas. Nos quedamos cagaditos de miedo...

»Aquella «cosa» producía a su paso calor y un viento muy fuerte.

—¿Un «viento muy fuerte», dice usted?

Manuel, que no es sordo, pareció un tanto contrariado por aquella pregunta aparentemente estúpida.

—Sí, como un torbellino.

Le rogué que siguiera y supiera perdonar mi curiosidad. Tampoco era el momento para recordarle al «pobre Manuel» el capítulo 1 (versículos 4 y siguientes) del Libro de Ezequiel, uno de los textos proféticos que dan forma al Antiguo Testamento, que dice:

«Visión del "Carro de Yavé". — Yo miré: vi un viento huracanado que venía del norte, una gran nube con fuego fulgurante y resplandores en torno, y en el medio, como el fulgor del electro, en medio del fuego...»

No me voy a extender sobre esta «curiosa» coincidencia, puesto que le he dedicado un capítulo en mi reciente libro *El Ovni de Belén*. Sencillamente, llamo la atención del lector sobre esta experiencia de un cabrero, 2 534 años después de la mencionada y primera «visión» del «carro de Yavé»,[1] por parte de Ezequiel. ¿Cómo es posible que Manuel Jiménez Junquera y Ezequiel —que no han sabido jamás el uno del otro— puedan describir fenómenos tan similares y tan distanciados en el tiempo y la geografía?

1. Según la Biblia de Jerusalén, la primera «visión» del profeta Ezequiel puede ser fechada en el año 5 del destierro de Joaquín; es decir, el 593-592 a. de J.C.

—A mi corto entender, los que viajaban dentro tuvieron que vernos. El aparato (no sé si le he dicho que relucía como el cristal o el acero inoxidable) perdió altura y fue a tomar tierra a unos 30 metros de donde nos encontrábamos, sobre una pequeña plataforma natural de hierba y lajas. Tocó el suelo en mitad de una gran polvareda y de un silbido largo y molesto.

Sin poder remediarlo, yo seguía con los sentidos fijos en aquel «viento fuerte» que parecía acompañar a la nave. Y aún a riesgo de irritar a Manuel, volví a la carga con mi habitual cara de despiste:

—Perdone, Manuel: pero ¿cuándo sopló ese viento: antes o después del paso del objeto?

—Ni antes ni después: salía a chorros por abajo. No sé si sería por las patas...

»Yo me tiré al suelo y allí estuve durante quince o veinte minutos. En ese tiempo, el aparato aterrizó, salieron los dos «tíos» aquellos, se pasearon por la pieza y entraron de nuevo en la máquina.

—A ver, a ver... ¿Podemos ir por partes?

—Usted dirá.

—Volvamos a su escondite...

—Podemos ir al sitio cuando usted guste. Es un cabezo desde el que se domina esa plataforma de la que le he hablado. Ni me acordé de las cabras. Estaba temblando de miedo y preso al mismo tiempo por la curiosidad. ¡En mi corta vida no había visto una cosa tan bonita y tan rara! Aquel chisme tenía la forma de dos platos de sopa, con los «culos» para arriba y para abajo. ¿Me comprende?

—Está clarísimo.

(Justo es reconocer que el «pobre Manuel» no sabe de letras, pero goza de un natural sentido plástico.)

—Una vez encima de las lajas de piedra lo vi mejor. Terminaba por arriba como un cucurucho, con una antena. Era grandecito, sí, señor. Pongamos entre 15 y 20 metros de diámetro.

Siguiendo mi costumbre, invité al testigo a que dibujara lo que vio. Pero Dios no se había acordado del «pobre Manuel» a la hora de mover los lápices. Poco a poco, y siguiendo sus indicaciones, pude reconstruir la forma y detalles de la nave y de sus tripulantes.

—A mí siempre me ha recordado la forma de los antiguos panes de maíz —intervino Manuel, que retomaba así el hilo de la conversación, rota por mi garrapatear sobre las rayadas hojas del «dietario de campo»—. Vimos unas luces (como los intermitentes de los coches) alrededor del aparato. Eran rojas, verdes y amarillas y distribuidas de dos en dos...

—No le comprendo.

—Pues eso: dos rojas, dos verdes, dos amarillas, y así sucesivamente. Y, por debajo, una cinta de luz.

»Entonces se abrió una puerta y salió un «tío» alto. Iba metido en un traje que, más que traje, parecía una armadura. Por delante, desde la zona de las cejas hasta la cintura, tenía una rayas azules y horizontales que manchaban el rostro, pecho y parte del vientre. Les vi también un cinturón ancho (como de unos cuatro dedos) y dos tirantes o correajes que caían desde los hombros al cinto. Luego, pensando y pensando, llegué a la conclusión de que podían servirles para sujetar el morral que llevaban a la espalda y del que salía otra antena muy fina y plateada.

»Inmediatamente apareció un segundo «escayolado», pero más grueso y bajo que el anterior. Llevaba la misma estrafalaria indumentaria.

—¿«Escayolado»? —pregunté, creyendo haber oído mal.

—Sí, caminaban como si les hubiesen enyesado todo el cuerpo. Seguramente sería por culpa de la «armadura». Parecían «acartonados». Cuando andaban lo hacían sin doblar las rodillas o los brazos. Tampoco les vi girar la cabeza al dar la vuelta y volver a la máquina.

En mi cuaderno había anotado otra palabra que me dejó perplejo.

—¿Está seguro que el segundo tipo era «gordo»?

—Grueso y mucho más bajo que el primero.

Tampoco era un dato a despreciar. Hasta ese momento había sabido de «humanoides» altos, enanos, cabezones y hasta monstruosos o con pies de chivo, pero ésta era la primera vez que tenía conocimiento de un extraterrestre con problemas de obesidad.

Tampoco sé cómo fue exactamente mi pregunta sobre el color de las «armaduras», pero Manuel Jiménez supo dar con una metáfora perfecta:

—Eran de un verde mohoso. Usted es un peregrino y habrá pasado por Jerez. Bueno: ¿se ha fijado alguna vez en la estatua de bronce de Primo de Rivera? Pues igual.

Reconocí que ni siquiera sabía en qué lugar había sido

erigida dicha estatua. También le prometí, en justa correspondencia a su amabilidad, pararme bajo el general en cuanto surgiera la más mínima ocasión.

—Aquel silbido había cesado y todo quedó en silencio. Fue un silencio que imponía. Hasta las chicharras se apagaron...

»Entonces —continuó Manuel—, los dos «tíos» se quedaron quietos. Echaron mano a una especie de cartuchera que llevaban al costado derecho, junto al cinturón caqui, y sacaron, los dos al mismo tiempo, algo que parecía una pistola, pero que pegaba lamparazos, como una linterna.

—¿En qué quedamos? ¿Era pistola o linterna?

—Para qué le voy a mentir: no lo sé. A mí, con toda sinceridad, me pareció más linterna que pistola. A ver si me comprende.

»Total: que los «escayolados» aquellos se dirigieron hacia una cabaña próxima, situada a medio centenar de metros del sitio donde había aterrizado el aparato y en la que solían encerrarse las cabras o cochinos. Pero sólo llegaron a mitad de camino. Mientras andaban, si es que a «eso» se le puede llamar así, los dos, siempre con los brazos derechos rígidos como palos de escoba, se dedicaron a pegar linternazos.

—¿Usted vio la luz?

—Naturalmente. ¿Sabe lo que pienso que podían ser aquellos fogonazos?

—Usted dirá...

—Fotografías. Años después, al ver a Riera con su flash, comprendí que las «linternas» arrojaban el mismo tipo de luz.

(El amigo Riera es el veterano fotógrafo de Barbate, sobradamente conocido por todos.)

El «pobre Manuel» podía estar en lo cierto. Entre la casuística ovni mundial hay decenas de casos en los que los testigos aseguran haber visto a los ocupantes con extrañas esferas, «linternas» y otros artilugios que provocaban fuertes destellos y «flashazos». Entra dentro de lo probable que tales herramientas sean utilizadas como sistemas paralizantes o de defensa o como simples cámaras fotográficas. ¿Por qué no?

—Tras pegar varios «linternazos», el alto (para que usted me entienda) guardó el chirimbolo, pero sin mirar

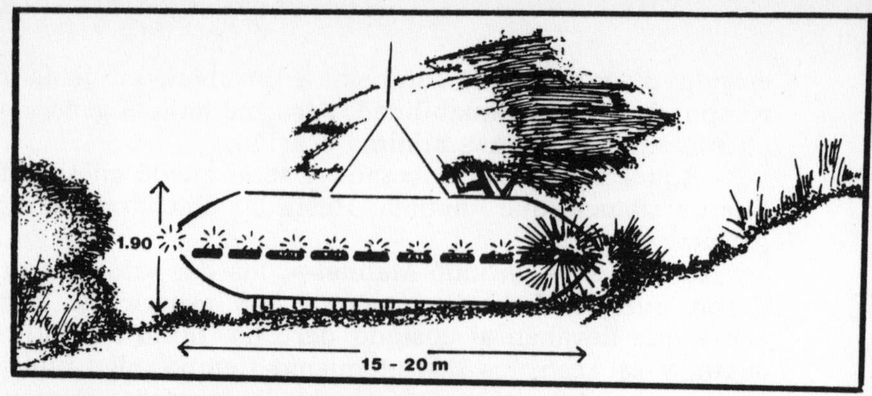

Esquema del ovni visto por Manuel Jiménez en plena sierra de Retín hace ahora cuarenta y un años. La mitad de un acebuche próximo quedó calcinado.

1, lugar del aterrizaje, en plena sierra de Retín. 2, Venta de Retín. 3, localidad de Tahivilla. 4, La Zarzuela. 5, El Almarchal. 6, Zahara de los Atunes. 7, río Barbate. 8, marismas. 9, Barbate de Franco. 10, Vejer de la Frontera. 11, El Cañal. 12, Manzanete. 13, cortijo del "Pericón". 14, cortijo de la "Marisma". 15, antigua laguna de La Janda (hoy desecada). 16, cortijo del "Águila".

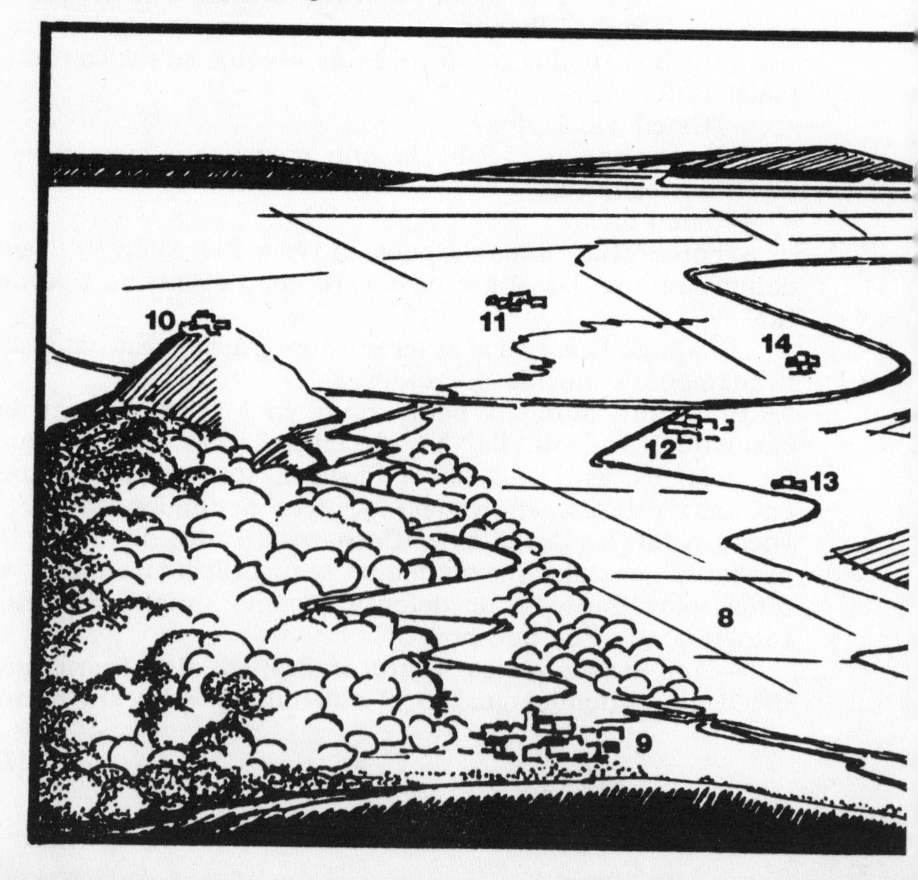

De la máquina salieron dos "escayolados". Uno más bajo y grueso que el otro.

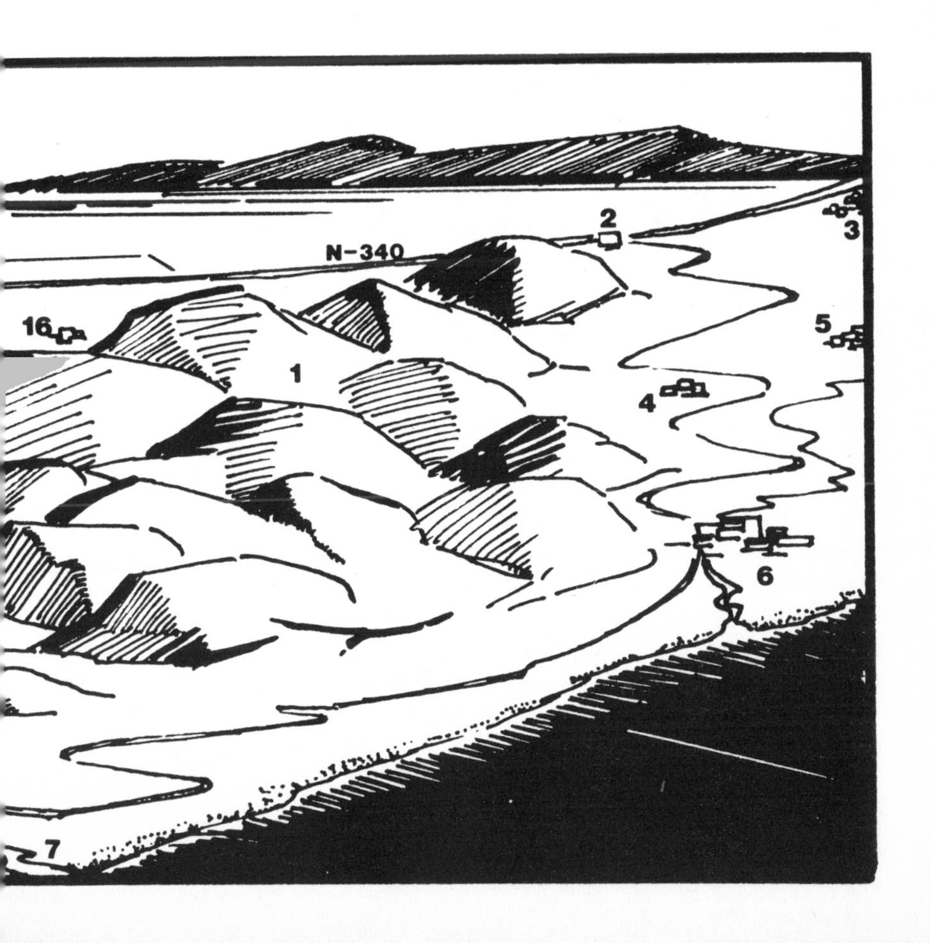

a la «cartuchera». Mecánicamente, diría yo... El otro, el gordo, siguió todo el tiempo con el brazo extendido y sin dejar de «hacer fotografías».

»Calculo yo que se detuvieron cuando habían recorrido unos veinte pasos. E inmediatamente giraron sobre sus talones y desandaron lo andado. Entonces pudimos verlos con mayor comodidad, puesto que nos daban la cara.

—¿Les vio la cara?

—Es un decir. El casco les cubría la cabeza por completo. Y digo yo que tendrían cabeza porque, en el sitio donde todos tenemos los ojos, ellos presentaban dos boquetes redondos y oscuros. Fue el único indicio. El resto del cuerpo lo tapaba la «armadura». De pies a cabeza.

—Así que no movían el cuello al girar...

—Ya le digo que parecían «tíos» escayolados. Pero la cosa no terminó ahí. Cuando estaban muy cerca del objeto, el alto volvió a echar mano de la «linterna» y, extendiendo el brazo, apuntó a una luz amarilla que había quedado en el sitio donde minutos antes se había abierto la puerta y que, nada más salir los «paisanos», había vuelto a cerrarse.

»Al instante, la puerta se abrió hacia la derecha y los «tíos» se colaron en el interior del chisme.

»En un abrir y cerrar de ojos, el aparato se levantó en el aire, formando una polvareda. Se estabilizó unos segundos a cosa de 10 o 20 metros y comenzó a moverse pendiente abajo, sobrevolando la cabaña y el cortijo del «Águila» y girando sobre sí mismo como una peonza.

»Aún permanecimos varios minutos en lo alto del cabezo, medio atontados y viendo cómo aquella máquina embrujada se perdía por el poniente. Después, y saltando como liebres, nos reunimos con Enrique, el cabrero. Le contamos lo sucedido, y al día siguiente (a pesar de sus ochenta años), el buen hombre nos acompañó hasta el sitio. ¡Allí estaban los boquetes y una mancha negra en el punto exacto donde había tocado tierra! Y el pastor nos creyó. Además, supongo que fue a raíz de aquel viento tan fuerte y ardiente que echaba la máquina, un acebuche ciertamente crecidito quedó mitad verde, mitad blanco. Si usted quiere, yo puedo guiarle hasta allí. Le juro que aún se conservan algunos de los agujeros...

—Pero, Manuel, eso no es posible. ¡Han pasado cuarenta y un años!...

—Hágame usted caso. Cuando le digo que quedan boquetes es porque quedan boquetes. Usted mismo ha escrito que parte de la plataforma donde se posó el objeto la formaba una gran laja de piedra.

Recordaba muy bien lo que había dicho el «pobre Manuel», pero hice como que repasaba mis apuntes.

—¿Y usted estaría dispuesto a perder una tarde o una mañana —le consulté— y guiarme, como dice, por el interior de la sierra?

Manuel escanció otro «sol y sombra» y sentenció:

—Lo prometido es lo prometido.

VIAJE A LA SIERRA DE RETÍN

Al día siguiente, tal y como habíamos convenido, me presenté en la casa de Manuel Jiménez Junquera, en el barrio de La Paz.

—¿Me disculpa un momento?

El «pobre Manuel» (nunca pude averiguar por qué le llamaban así), hombre de gran habilidad manual, estaba cerrando la venta de unas cañas y una red para calar pájaros. Terminado el negocio, el testigo y su mujer se pusieron a mi disposición y salimos de Barbate, en dirección a la sierra de Retín. Las gaviotas volaban lentas, como aburridas, cuando dejamos atrás Zahara de los Atunes.

Al desembocar en la carretera nacional 340, junto a la Venta de Retín, Manuel me señaló en dirección a La Barca de Vejer y me rogó que no corriese demasiado.

—El carril para el «Águila» está al caer —advirtió.

Pocos minutos después girábamos a la izquierda e iniciábamos la aproximación a un poblado de cuatro casas, preámbulo blanco de la sierra. A partir de allí, Manuel y yo seguimos a pie, bajo un sol que, más que amigo, se me antojó enemigo.

Una hora duró la caminata entre colinas, vaguadas,

«melosas», camarinas, lentiscos y el regateo de puñados de conejos que —a fuerza de soledad— no parecían darnos demasiada importancia.

Manuel, siempre en cabeza de la animosa expedición, no pronunció una sola palabra en todo el trayecto.

Al llegar al lugar se limitó a señalar con el dedo hacia un arbolillo de mediana talla y comentó mientras me ofrecía un Celta:

—Ahí fue.

Al pie del acebuche se abría una no muy grande explanada.

El testigo se situó sobre los restos de una laja y volvió a levantar su dedo, indicándome un altozano próximo, oscurecido por un sinfín de jaras resinosas y retamas.

—Allí estábamos nosotros. Y aquí, en este mismo paño de tierra, el objeto.

Mi atención se centró en la explanada. Aquellos cuarenta y un años no habían cambiado excesivamente el paisaje. El lugar, eso sí, aparecía ahora medio cercado por un muro de piedras, utilizado por los pastores como corral. Pero el acebuche y la losa de los que me había hablado Manuel seguían y siguen allí. Esta última —según el antiguo cabrero— había sido parcialmente cubierta por la tierra y el apretado césped, aunque todavía podía verse una esquina de la misma.

Mi acompañante se agachó y sopló con fuerza sobre dos orificios. El polvo y tierra que los cegaban desaparecieron pronto y pude constatar que se trataba de dos boquetes muy raros.

—Algunas de las patas del «bicho» —repitió Manuel— tocaron este extremo de la laja y, ya ve usted, ahí están los agujeros...

Aquello, por supuesto, no tenía trazas de haber sido provocado por la erosión o por un resquebrajamiento natural de la piedra. Era demasiado regular y perfecto. Además, estaba el testimonio y la palabra del testigo. (Con demasiada frecuencia, los ufólogos «de salón» se olvidan de esta siempre decisiva parte de cualquier investigación.)

Al levantar la vista reparé en el acebuche. Tal y como me había adelantado Manuel, la mitad —justamente la que daba a esta banda y frente por frente a la explanada— ofrecía un color ceniza, casi blanco. Olvidé la laja y me dediqué a observar las ramas del veterano olivo silvestre. Manuel seguía mis pasos en silencio y con indudable curiosidad.

Hubiera sido estúpido preguntarle si aquél era el mismo árbol que soportó los chorros de aire caliente en el verano de 1939. Hasta un ciego lo hubiera visto. La mitad opuesta del enramado —la más distante a la nave— seguía verde, con las hojas y ramas aparentemente normales. La otra mitad —la «chamuscada», para que nos entendamos— carecía de hojas.

Quebré una de las blanquecinas ramas y se la mostré a Manuel.

—Están secas —comentó sin más y como si fuera cosa sabida.

«Pero ¿cómo es posible —pensé en voz alta— que siga igual, después de tantos años?»

Manuel no tenía respuesta. Allí me hubiera gustado ver a esos científicos intransigentes que rechazan y se burlan de los ovnis, alegando que no hay pruebas...

Tras hacer las correspondientes mediciones y fotografías en color y recoger algunas muestras del terreno y del acebuche, me senté a escasos metros del punto de aterrizaje y encendí un cigarrillo, tratando de reflexionar sobre aquel nuevo caso. Pero ¿qué podía añadir yo —pobre diablo sentimental— a la belleza de aquella sierra, a la honestidad del «pobre Manuel» o al estremecedor hecho del descenso de seres de otro mundo al pie de un acebuche?

Abrí las páginas de mi cuaderno «de campo» y, mientras el sol preparaba las maletas, me dejé arrastrar por la melancolía, escribiendo con rasgos cansados:

«Llueve sobre mi corazón. / Es el agua seca de la nostalgia y de la añoranza de un amor perdido. / Nostalgia de los colores redondos y cósmicos en la pizarra sin fin de mi niñez. / Nostalgia del que busca la luz en las cuencas de la calavera terrestre. / Nostalgia del desterrado entre desterrados. / Nostalgia, en fin, por los dioses que un día me engendraron y abandonaron. / Nostalgia de mi verdadera patria, intuida sólo en la noche blanca de la Vía Láctea.

»Otra vez llueve la tristeza sobre mi corazón...»

Y siguiendo uno de esos impulsos irrefrenables, trasladé aquellas gotas de pesar de la prosaica página 27 de mi «diario de a bordo», encerrándola después en una de las pequeñas y negras cápsulas de plástico que protegen los rollos fotográficos.

Con paso lento me aproximé al acebuche, testigo, cómo Manuel, de otra humanidad, y enterré bajo su cara verde y blanca mi secreto lamento.

Quizá algún día sea desenterrado —y comprendido— por otro soñador...

8

De cómo supe del desconcertante caso del guardia civil. «Quiero su palabra de honor de que no revelará mi identidad.» Ya no se puede ni pelar la pava. Donde se cuenta cómo el ovni se dejó perseguir por el motorista. No se fíe usted de los camiones de mudanzas. Si cree que está soñando, toque el tubo de escape. ¡A por el ovni y que sea lo que Dios quiera! El ovni —¡toma castaña!— se convirtió en dos automóviles. «Por favor, ¿la carretera nacional IV?» Donde se describe a los misteriosos ocupantes. «Tuve una sensación: que me estaban esperando.» ¿Quién es el guapo que me saca de estas dudas? De cómo vuelvo la vista atrás y me río de la ciencia del siglo XII (y, de paso, de la del XX).

El lector podrá pensar lo que quiera. A mí, la presencia de un uniforme me impone. Y si, encima, es de la Benemérita, doblemente.

Esto debió influir —y no poco— para que yo creyera a pie juntillas en la palabra de aquel guardia civil. Esto y otras cosas, naturalmente...

Siempre que algún problema se vuelve rebelde, o si las circunstancias me empujan a tomar decisiones, procuro meditar y fraguar una estrategia..., mientras corro. (Ahora entenderán mis amigos y vecinos por qué me paso el día corriendo.)

Pero a lo que iba. Aquella templada mañana del verano de 1980 me salté mis propias normas e —inexplicablemente—, tras correr 5 o 6 kilómetros por esa concha rubia (más que playa) que Dios le ha regalado a Barbate, sentí la necesidad de dar una vuelta por el muelle. Cuando mis investigaciones me lo permiten, busco refugio en el pueblo de mis mayores. Allí todo es intenso. Uno puede descubrir que la mar es perezosa y que sueña ensoñaciones transparentes al pie del Tajo o que los mástiles de la flota pesquera juegan cada atardecer a ser bosque provisional. Si uno camina hasta la breña y es capaz de hablarle de tú a los acantilados, empezará a comprender por qué fenicios, griegos, romanos, árabes y hasta malteses prefirieron la milenaria costa de Baecipo (hoy Barbate). Y hasta puede que los alcatraces, pardelas, espurgabueyes y gaviotas le saluden a uno desde sus trenes blancos.

Fue al pasar ante la caseta de los carabineros, en el puerto, cuando tuve oportunidad de saludar a uno de los números de la Guardia Civil, viejo amigo y cuyo nombre y apellidos no sé yo si será prudente citar aquí. Allí, improvisadamente y levantando la voz por encima del pistoneo de los barcos, el guardia me puso tras la pista de un caso ovni capaz de fundir los cables del más templado de los investigadores.

Pocos días después, frente a un café de «maquinilla» y rebanadas con manteca «colorá» (con carne, claro), mi amigo el guardia civil me presentaba al testigo principal, también compañero en el Cuerpo. Se trata, como digo, de otro guardia cuya identidad —por razones obvias— no estoy autorizado a revelar.

—Lo que voy a contarle —arrancó el militar— sucedió en julio de 1974 y jamás había sido contado a un investigador del fenómeno ovni. Lo único que le pido es que sepa escucharme. No tengo el menor interés, dada mi profesión, en salir en los periódicos. Es más: quiero su palabra de honor de que, sin mi permiso, no desvelará usted mis apellidos...

—Tiene usted mi palabra.

(Quizá sea éste un buen momento para dejar claro que, desde que renuncié a todo por la investigación ovni, jamás he traicionado la confianza de un testigo. Han podido engañarme y, como es lógico, me equivoco con frecuencia, pero jamás podrán acusarme de romper una palabra o de vender a un informador. Lo he dicho en alguna ocasión: puedo apropiarme —y lo he hecho ya— de documentos o información secreta que contribuya a la difusión y mentalización de la realidad ovni. Forma parte de mi trabajo y no me avergüenzo por ello. Ahora bien, hoy por hoy, nadie puede levantar la voz y acusarme de falta de seriedad en este empeño y en esta lucha.)

Mi amigo, el primer guardia civil (para que nos entendamos), hizo suyo el asunto y tranquilizó a su colega.

Creo, sin ánimo de pecar de engreído, que, al estrechar mi mano, el segundo guardia tuvo la oportunidad de percibir que yo hablaba tan en serio como él.

—Pues bien, como le decía, todo aquello, y trataré de contárselo ordenadamente —recalcó el testigo—, me sucedió una noche del mes de julio de 1974. Yo tenía veinticuatro años y vivía en Jerez de la Frontera. Era paisano y muy aficionado al motorismo.

»Aquella noche, como otras muchas, había acudido hasta la barriada de San Juan de Dios, a pelar la pava con mi novia. Hacía una temperatura muy buena y caminamos hasta un campito cercano a la carretera nacional IV. Y allí estábamos, contándonos nuestras cosas, cuando a eso de las once y media, vimos por detrás de los bloques una luz naranja (como el ámbar de los semáforos). Pasó sobre nuestra vertical (digo yo que a unos trescientos metros) en total silencio. Era redonda. Cruzó la nacional IV y se alejó en la oscuridad, siguiendo el curso de la carretera que va a Trebujena. Estábamos aún con la boca abierta, absortos en aquella «cosa», cuando observamos que descendía y parecía posarse en lo alto de un cerro situado a unos tres kilómetros.

»No lo pensé dos veces. Llevé a mi novia a su casa, en el barrio de El Calvario y, sin mentarle el asunto, agarré una moto que tenía entonces (una Puch de minicross) y me fui como una bala en dirección al cerro. Al entrar en la carretera comarcal que conduce a Trebujena quedé desconcertado: la luz había desaparecido de lo alto del repecho. Sin embargo, seguí hasta la base de la colina y me detuve al descubrir otro ciclomotor, aparcado en la cuneta. En esos instantes, dos muchachos de unos quince o dieciséis años corrían ladera abajo. Eran los propietarios del ciclomotor. Venían excitadísimos. Me dijeron que acababan de ver un aparato redondo, con una cúpula y dos sombras en su interior.

»Les pedí que me acompañaran hasta arriba, pero se negaron en redondo. Y los vi desaparecer hacia Jerez, atemorizados como conejos.

»Bueno (me dije a mí mismo), ya que estoy aquí, subiré a echar un vistazo.

»Era el tiempo de la remolacha y recuerdo que tomé una vereda. Aceleré a tope. El corazón me palpitaba atropelladamente. Al remontar la linde de la colina, todo era oscuridad. A unos ocho o nueve metros, a mi derecha, había una casa de labranza, deshabitada. Miento: sí escuché los furiosos ladridos de unos perros. Entonces fue cuando la vi de nuevo. Una luz del mismo color y forma que la que había sobrevolado la barriada de San Juan de Dios se desplazaba lenta y silenciosamente a unos doscientos o trescientos metros del suelo y en dirección al cruce de las carreteras de Sanlúcar con Trebujena. La seguí con la vista y comprobé cómo se orientaba (es un decir mío) con la cinta negra de la carretera. Me dio rabia. Si hubiera llegado segundos antes, seguro que la pillo en tierra.

»Pero no todo se había perdido. Al poco, la luz descendió por segunda vez, yendo a parar a lo más empinado de otra loma, situada a dos kilómetros de mi observatorio. Estaba convencido que había vuelto a posarse y me dejé caer hasta la carretera, siguiendo en esta ocasión un camino de zahorra. No había tiempo que perder. Puse la moto a cien, siempre atento a la luz, que seguía inmóvil sobre la colina. Sin embargo, cuando me faltaban doscientos metros escasos para llegar a su altura, dejé de verla. No sé si se apagó o si desapareció. Aminoré la marcha, confundido y malhumorado. Entonces reparé en otro fenómeno: sobre la zona se había hecho un silencio repentino y anormal. Si no se ríe usted le diré que era pesado como el plomo. Además, y esto lo entenderán bien los camioneros y automovilistas que circulan a diario por esa ruta, durante los minutos siguientes no me crucé con un solo vehículo. Todo a mi alrededor parecía embrujado.

—¿No pudo ser una simple casualidad?

El guardia se impacientó.

—Le invito a que vaya cualquier noche del mes de julio o agosto a esa misma carretera y testifique por sí mismo. Es casi imposible que a las doce de la noche, y por espacio de diez o quince minutos, no pase un solo coche, moto o camión en uno u otro sentido...

Aunque mis amigos, los guardias civiles, no lo saben, por supuesto que lo hice. Aquel verano elegí dos noches (al azar y en días laborables) y me planté en la referida carretera de Jerez a Trebujena, cronometrando y contabilizando el paso de vehículos. El testigo tenía razón. Entre once y una de la madrugada, la media de coches, camiones, motos, bicicletas y tractores es de dos y medio por minuto, en uno y otro sentido, naturalmente. Concediendo

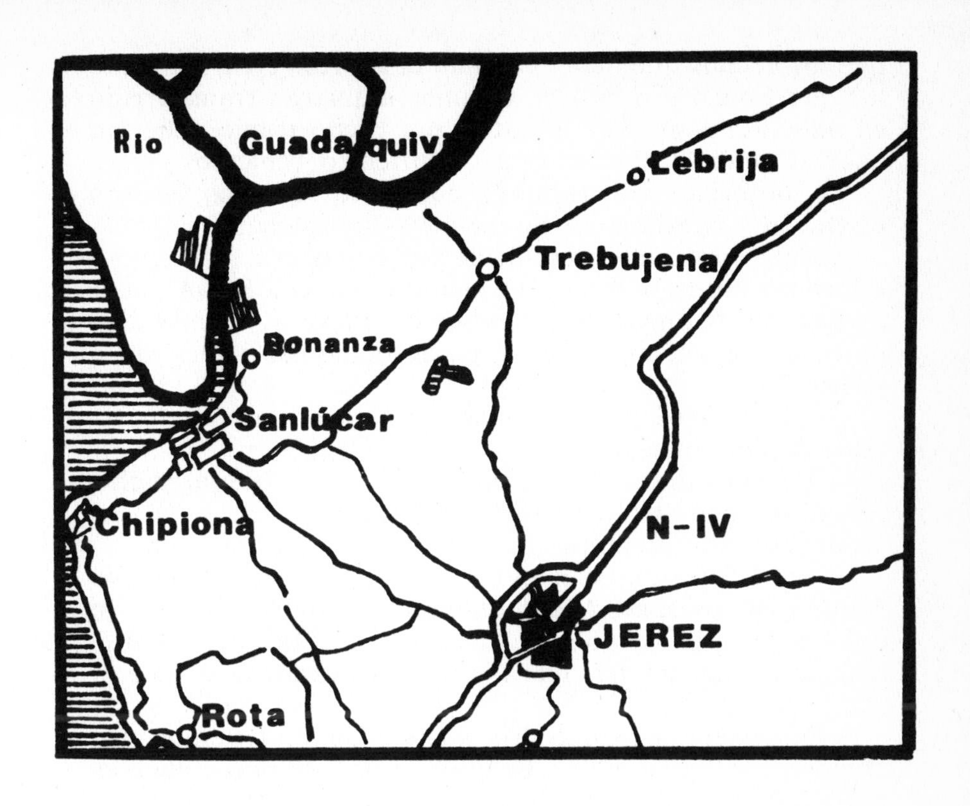
Rio
Guadalquivi
Lebrija
Trebujena
Bonanza
Sanlúcar
Chipiona
N-IV
JEREZ
Rota

que los hechos que había narrado el guardia civil, así como los que estaba a punto de exponer, hubieran transcurrido en un mínimo de diez minutos, por dicho tramo deberían haber circulado alrededor de veinticinco vehículos.

El motorista, encorajinado por tanto equívoco, aceleró de nuevo y continuó en dirección a Trebujena.

Estaba hasta la coronilla de tanto misterio —agregó— e hice un último intento por alcanzar aquella luz. A pocos metros se distinguía un cambio de rasante y pensé que quizá desde allí averiguaría dónde demonios había ido a parar el ovni...

—¡Ah! ¿Usted pensó que se trataba de un «objeto volante no identificado»?

—Después de lo que llevaba visto y oído (mejor dicho, no oído), ¿qué otra cosa podía imaginar?

Acepté el argumento.

—Pero antes de pisar el cambio de la rasante apareció frente a mí un camión de mudanzas. Circulaba en dirección a Jerez. Era azul y con las dos luces de gálibo en lo alto. Al cruzar por mi izquierda quedé nuevamente perplejo: ¡no hacía ruido!

»«No puede ser», me dije a mí mismo, al tiempo que frenaba y daba la vuelta. Era un camión de poco tonelaje, pero debería haber escuchado el rugido del motor y haber sentido el típico golpe de viento al cruzar junto a mí.

—¿Llevaba usted el casco?

—No.

El caso empezaba a complicarse.

—¿Y la luz?

—Espere, que no he terminado con el camión...

—Tiene usted razón. Prosiga, por favor.

—El silencioso camión de mudanzas marchaba a sesenta kilómetros por hora, más o menos. No tuve que correr demasiado para alcanzarlo y situarme a medio centenar de metros de su parte trasera. Así seguí durante dos minutos o más. Aquélla (usted lo verá) es zona de curvas. Pues bien: al salir de una a la izquierda, el camión desapareció. En ese punto empieza precisamente una recta de ochocientos o novecientos metros y yo tenía que haber seguido viendo al transporte. ¡Su desaparición era ma-te-rial-men-te imposible!

Antes de que yo interviniera, el militar remachó:

—¡Ma-te-rial-men-te imposible!

—Disculpe, pero ¿no pudo tomar un desvío o entrar en alguna casa o cortijo?

—A ambos lados de la curva en cuestión, y de la recta, sólo hay viñedos. Y aunque hubiera girado por un carril secundario (que no lo hay), yo debería haberlo visto.

La misteriosa volatilización del camión azul rompió los nervios del testigo.

—¡Ya puede usted figurarse el nerviosismo que me entró! La oscuridad, aquel silencio de muerte, la ausencia de coches y (para más «inri») el camión «fantasma»...

»No sabía qué hacer ni qué pensar. Estaba ya decidido a regresar a Jerez cuando, al conectar las largas, vi la luz ámbar. Pero esta tercera vez fue distinto. Estaba al final de la recta y literalmente posada en mitad de la calzada.

—¿La vio bajar?

—No, nada de eso. En esta ocasión, lo más apropiado sería decir que se «encendió». Fue como si ya llevara unos minutos sobre el asfalto, pero apagada. Entonces, al dar las largas, aquello se iluminó.

»Paré la moto, claro, y me arrimé a la derecha. El nerviosismo había dejado paso a algo peor: al miedo.

Me gustó el gesto del guardia civil. (Para confesar que se ha padecido miedo hay que empezar por ser de noble condición.)

—Una luz ámbar llenaba la carretera, de cuneta a cuneta. Por encima vi una cúpula de aspecto metálico...

El testigo dudó.

—No, quizá lo más acertado sería compararla con el cristal de un cuarto de baño. Ya no tenía dudas: era el mismo ovni que había aterrorizado a los dos jóvenes del ciclomotor y que mi novia y yo vimos volar sobre la ciudad.

El guardia —él asegura que no sabe exactamente por qué— inició una serie de señales luminosas, alternando las luces corta y larga.

—Pero «aquello» no respondió: siguió allí, en silencio y con la luz ámbar fija sobre el asfalto. Estaba asustado.

»Después de tres o cuatro cambios de luces hice algo que (ahora que lo pienso) me parece una solemne majadería: me incliné un poco sobre la rueda trasera y agarre el tubo de escape con la mano derecha. Naturalmente me quemé.

Mi siguiente pregunta estuvo casi de más.

—¿Por qué dice que fue una majadería?

—Yo estaba seguro que no sufría alucinación alguna, pero porfié conmigo mismo. El método más rápido y eficaz para convencerme fue ese.

Como habrá estimado el lector, nuestro hombre es frío y valiente al mismo tiempo. (Siempre he creído que los que logran sobreponerse a su propio terror son los héroes genuinos.)

Y el militar, que estaba dispuesto a todo, aceleró, lanzando la motocicleta hacia el ovni.

—Apenas si había empezado a correr en dirección al objeto cuando, en un abrir y cerrar de ojos, la luz ámbar, la cúpula y todo aquello se apagó, desapareciendo de mi vista. En su lugar aparecieron los faros de dos automóviles...

—Un momento —le interrumpí, tratando de coordinar mis ideas—. ¿Me está usted diciendo que el ovni se esfumó?

—Sí.

—¿Y que, en el mismo lugar, surgieron dos coches, con los faros prendidos?

—Sí.

—¿Cuánto tiempo pudo transcurrir entre uno y otro hecho?

—Nada.

El testigo debió presentir cierta corriente de incredulidad y repitió en tono de cansancio:

—Fue instantáneo. Sé que todo esto resulta difícil de creer, pero no estoy mintiendo.

—Nadie dice lo contrario —comenté en un intento de no quebrar la buena disposición del guardia—. Pero también deberá reconocer que no es normal...

El militar suspiró resignado y continuó:

—Le juro por lo más sagrado que allí había dos automóviles. Uno detrás del otro, orillados a la derecha de la carretera y con las luces cortas.

»Mi desconcierto era total. Fui aproximándome sin demasiadas prisas, pero con una irreprimible curiosidad.

»Al llegar a la altura del primer turismo, en lugar de pasar de largo, me pegué a la ventanilla del conductor. Efectivamente, eran dos coches grandes (tipo Mercedes o Dodge), de color gris y brillantes, como si estuvieran recién lavados.

—¿Por qué lo hizo? ¿Por qué se detuvo?

El guardia se encogió de hombros.

—Nunca lo he sabido. No había una razón aparente. Sin embargo, en el fondo de mi corazón, «algo» me decía que aquellos «coches» no eran normales. Unos segundos antes habían sido otra «cosa».

—¿Qué vio en el interior?

—Al volante estaba un hombre de unos cincuenta años, con el pelo plateado y vistiendo un terno gris ceniza impecable. Llevaba una camisa blanca o cruda y corbata oscura. Me dio las buenas noches y a renglón seguido me preguntó dónde estaba la nacional IV.

—¿Puede reconstruir textualmente sus palabras?

—Más o menos fue así: «Buenas noches», me saludó. «Buenas noches.» «Por favor, la carretera nacional IV, ¿hacia dónde está?» «¿Ve usted aquella carretera y aquel puente?» Le señalé en dirección a Jerez. «Allí está la nacional IV.»

»En el asiento contiguo vi a otro individuo. En la parte de atrás permanecían sentados un tercer hombre y una mujer. No estaba prendida la luz interior del automóvil y por eso no pude fijarme bien en el segundo y tercer ocupantes. Pero la señora estaba justamente detrás del conductor y el faro de la moto la iluminaba suficientemente. Era rubia. Con el cabello largo. Aparentaba unos treinta y cinco años. Yo diría que era muy guapa. Vestía una especie de traje, o algo así, con el cuello descubierto. Me pareció muy seria.

—¿Se fijó en los ojos de los «pasajeros»?

—Creo que todas las lunas de las ventanillas, salvo la del conductor, estaban elevadas. Eso no me permitió una visión minuciosa. Los del hombre que se sentaba al volante eran normales, aunque también debo decirle que noté algo raro en sus caras...

Mi interlocutor hizo una pausa, buscando las palabras. Le vi dudar, esforzarse.

—No es fácil.

—¿Por qué?

—No eran rostros nacionales y tampoco extranjeros... Eran extraños.

—¿Le recordó algo el acento del conductor?

—Pues eso es lo malo, que no. Por mi profesión, como usted sabe, estoy todo el santo día en las carreteras y me

1, el ovni desciende por primera vez sobre un cerro. 2, llegada del motorista; en ese momento, dos muchachos bajaban a la carrera, asustados. 3, el guardia sube por la loma. 4, la luz ámbar se eleva y termina posándose en un segundo cerro. 5, nueva persecución del testigo. 6, el motorista sale del camino de lastre y toma la carretera comarcal. 7, asciende hacia un cambio de rasante. 8, aparece el misterioso camión.

9, el guardia persigue al camión de mudanzas. 10, al salir de una curva, el silencioso camión ha desaparecido. 11, al final de la recta aparece el ovni en mitad de la carretera.

ha tocado conversar con lo divino y con lo humano. Sin embargo, aquel hombre, aunque hablaba castellano, no tenía ningún acento.

—¿Lo hablaba con fluidez?

—De corrido.

—¿Sólo dialogó con el de cabello plateado?

—Únicamente. Los demás no se movieron siquiera...

—Puede que esta pregunta le parezca absurda, pero ¿está seguro que eran personas?

—No le comprendo.

—Le pregunto si podía tratarse de robots.

El guardia civil dudó.

—¡Hombre! Ahora que usted lo mienta... Pero no. Yo hablé con el chófer. Es cierto que los otros tres no respiraron siquiera, pero el conductor era de carne y hueso.

—¿Le vio las manos?

—No, aunque sé que las tenía sobre el volante.

—¿Cómo lo sabe?

—Por la posición de los brazos.

Mientras el testigo de aquella insólita aventura proseguía sus explicaciones, vine a darme cuenta de que había caído en un nuevo e involuntario error. En mi anhelo por esclarecer los hechos había colocado ante el protagonista —y a destiempo— una posible hipótesis: los robots. (En la investigación ovni, como habrá notado el lector, se aprende, precisamente, investigando. Se aprende en cada nuevo caso y en cada entrevista. Por eso resultan cómicas e incorrectas esas posturas de algunos ufólogos «de salón» y «saltimbanquis» de la ufología, que todo lo ciñen a cuestionarios previos..., y si son *made in USA*, mejor que mejor.)

—Aunque yo había sido bastante preciso a la hora de orientarlos —aclaró el número—, reconozco que, desde aquel punto, en el cruce de la carretera de Trebujena con la viña del Corregidor, la localización e ingreso en la nacional IV es un empeño complicado para cualquier forastero. Así que, en los minutos siguientes, me dediqué a darles todo tipo de explicaciones.

»«Tienen que entrar en Jerez», les dije. «Después, al llegar al zoo, torcer a la izquierda. Luego a la derecha y tomar la variante...»

—Por cierto —interrumpí de nuevo—, ¿vio mapas o planos de carreteras?

—No.

El motorista reconoció que sus indicaciones podían no ser fructíferas y se brindó a ir por delante:

—«Yo los acompaño», le insinué al del pelo blanco. Y aceptó. Aceleré y, despacio, me puse en cabeza de los dos automóviles, rumbo a Jerez.

—¿Qué le respondió el conductor?

—«Muy bien.» Sin más.

—Escucharía el ruido de los motores, supongo.

—Pues no, señor. En ningún momento.

—Yo no es que sea un águila de la mecánica, pero ese detalle me choca.

—A usted y a cualquiera. Por muy silencioso que sea un automóvil, siempre emite ruido.

»Total: que los guié (eso creo yo, al menos) hasta la ciudad. Iba observándolos por el rabillo del ojo.

—No me ha contado nada del segundo coche —recordé de pronto.

—Poco puedo decirle. Al principio, cuando frené ante la ventanilla del conductor del primer turismo, el segundo permanecía igualmente silencioso, con las luces cortas y a poco más de un metro de la trasera del primero. En su interior había alguien. De eso estoy seguro. Pero no puedo darle detalles... Todo estaba muy oscuro.

»Cruzamos bajo el puente y, al entrar en Jerez, justo frente al zoo me detuve. Ellos hicieron otro tanto. Entonces di la vuelta y me coloqué nuevamente junto a la ventanilla del que conducía el primer turismo.

»«Ahora siga derecho», le expliqué, y gire en la primera a la derecha...

—«Muy bien, gracias», respondió el del pelo plateado. Pero yo no me quedé tranquilo. Dar con la nacional IV, precisamente desde esa barriada es difícil. Hay que encontrar primero una variante y después la nacional IV. Así que insistí: «¿Quiere que le acompañe hasta la misma carretera?» «No, gracias», contestó el hombre, con gran convicción. «No, repliqué por segunda vez, si no me importa...»

»Pero el del pelo plateado me miró fijamente y soltó un «No, gracias», más firme e irrevocable que el anterior. Sus palabras y ojos estaban llenos de fuerza.

»Me despedí, giré ciento ochenta grados y me alejé hacia casa.

—¿Y ellos?
—Los vi desaparecer por la calle que les había marcado. Eso fue todo.
—Dice que el conductor le miró fijamente...
—Sí.
—¿Hubo algún gesto de agradecimiento? ¿Alguna sonrisa, por ejemplo?
—No, nada.
—¿Qué altura les calcula a los ocupantes del primer coche?
—El del pelo canoso era alto y atlético. Sin pizca de grasa. Eso sí me llamó la atención. Podía alcanzar un metro ochenta. En cuanto a la rubia, no le iría a la zaga. Es posible que rondara el metro setenta y cinco.
Después de un corto pero espeso silencio me decidí a hacerle al testigo una pregunta que me rondaba desde hacía un buen rato:
—Quiero que piense bien lo que le voy a preguntar. Tómese el tiempo necesario. Cuando usted se aproximó por primera vez a los automóviles y vio a sus ocupantes y habló con el conductor, ¿notó o percibió alguna sensación especial?
El guardia no necesitó más de cinco segundos para responder:
—Sí, tuve una sensación: que me estaban esperando.

No quise hacer más preguntas, por el momento. El caso, como anuncié, me resultaba y resulta tan complejo como fascinante. En días sucesivos reanudé el diálogo con el miembro de la Benemérita que, dicho sea de paso, jamás informó del suceso a sus superiores. Entre otras razones, obviamente, porque los hechos se produjeron en 1974 y su ingreso en la Guardia Civil no tuvo lugar hasta dos años después.
A lo largo de esas conversaciones, el militar, cuya amistad para conmigo —espero— quedó sólidamente afirmada, me confesó otros pormenores que no debo ni pretendo pasar por alto:
—A partir de entonces —dijo— empecé a sentir una presión y dolor en las sienes. Fui a los médicos, pero ninguno supo diagnosticarme. Todos terminaban sacudiéndose el problema, afirmando «que yo estaba de los nervios».

Al fondo de la carretera se "iluminó" un objeto con una cúpula.

Perdí mi trabajo en el taller, y en 1976, al fin, ingresé en la Guardia Civil. Desde ese momento, todo me ha ido estupendamente. Figúrese hasta qué punto llega mi buena estrella que, en 1978, cuando circulaba por Guipúzcoa en un Land-Rover con otros compañeros, la ETA nos acribilló a balazos y todos (todos) salimos ilesos...

Poco me faltó para preguntar al guardia civil si se sentía observado y protegido por alguna «fuerza o mentes desconocidas». Pero supe contenerme.

Cuando sus respectivos servicios lo permitieron, mis amigos, los guardias y servidor, nos dirigimos al escenario de los hechos, en la carretera comarcal de Jerez a Trebujena. Para mí, como investigador «de campo», era y es esencial —creo haberlo dicho ya— ver y tocar los lugares donde suceden tales peripecias. Siempre se obtiene una información complementaria y, sobre todo, uno se aproxima mucho más a lo que debe ser la objetividad informativa.

Y un amanecer, a la par que la marinería mataba en «machaco» el gusanillo del alba, cruzamos las lomas rojizas de Medina Sidonia.

La visita a la carretera, a los cerros verdes y redondos por los viñedos jerezanos, al cambio de rasante sobre el que apareció el silencioso camión de mudanzas y la reconstrucción, en definitiva, de las idas y venidas del guardia civil en aquella noche del mes de julio de 1974, resultaron —como yo presumía— de gran utilidad en mis pesquisas y razonamientos.

Tal y como había manifestado el testigo, la desaparición del referido camión, a la salida de una curva a la izquierda, era inexplicable. Allí, efectivamente, no había desvíos o construcciones. Si el camión se hubiera echado a un lado de la estrecha carretera, que no llega a los 4 metros, el motorista —que salió de la curva pocos segundos después— lo hubiera visto irremisiblemente. Tuve que aceptar que un transporte de unos dos metros y medio de altura, con dos luces de gálibo rojas en la parte superior trasera, no es fácil de camuflar en mitad de un descampado y mucho menos cuando apenas se llevan diez o quince segundos de ventaja sobre la persona a la que se pretende despistar.

Además, ¿qué clase de camión de mudanzas es capaz de circular sin ruido alguno?

Mientras tomaba notas *in situ* —y de acuerdo con las

orientaciones del militar— fueron saliendo a flote otras pequeñas-grandes incógnitas, para las que ni los miembros de la Benemérita ni yo hemos encontrado una explicación satisfactoria.

He aquí algunas de las más destacadas:

1.ª Aunque el testimonio del guardia civil es rotundo —«el ovni desapareció instantáneamente, dejando paso (?) a dos automóviles»—, vamos a suponer que dichos turismos llegasen en ese momento al punto donde estaba posado el disco. Según el cuentakilómetros de mi coche, desde Jerez al referido cruce de la carretera de Trebujena con la que lleva a la Viña del Corregidor, hay 3 kilómetros. No tiene demasiado sentido que los ocupantes de los turismos cruzasen la populosa ciudad gaditana, sin preguntar por dónde se iba a la nacional IV, para hacerlo en una vía secundaria y a cierta distancia de la ciudad.

2.ª Siguiendo con esta suposición, y si los faros de los coches aparecieron justamente al desaparecer la nave, es lógico deducir que los «pasajeros» de ambos vehículos tuvieron que ver el ovni a cuatro pasos. La precisión del testigo en este sentido me parece importantísima: «en el lugar que había ocupado el objeto había cuatro faros».

Si esto fue así, ¿por qué los forasteros no salieron de los coches al ver al motorista? ¿Por qué no intercambiaron una sola palabra sobre la «luz» ámbar que todos habían observado? ¿Por qué el conductor de pelo plateado no mostraba señales de nerviosismo o miedo? El estudioso del fenómeno ovni sabe que un testigo que haya tenido la suerte o la desgracia de estar tan próximo a una de estas naves no reacciona jamás como ese enigmático automovilista. Al contrario: si tales individuos hubieran sido ciudadanos normales, lo más probable es que, en compañía del motorista, hubieran cambiado impresiones en mitad de la calzada, habrían parado a otros vehículos y quizá hubieran terminado en la sede del periódico local o denunciando el hecho a las autoridades.

3.ª ¿No resulta demasiado sospechoso que tampoco los turismos hicieran ruido? Al circular bajo el puente próximo a Jerez, el rugido de los motores debería de haber aumentado sensiblemente.

4.ª Al hacer las fotografías y mediciones pertinentes, recuerdo que aparqué mi R-18 en el punto exacto donde el guardia afirma que se hallaban los turismos. Pues bien: cuando intenté dar la vuelta, para reconstruir el itinerario seguido por el motorista y los dos coches, lo angosto de la carretera me obligó a dar marcha atrás, para salvar así la cuneta. Si yo me había visto forzado a realizar esta maniobra típica, con más razón dos Mercedes o Dodge. Sin embargo, el testigo no recordaba que aquellos automóviles hubieran hecho tal operación...

—Y debería haberme dado cuenta —comentó—, ya que, como le dije, iba observándolos por el rabillo del ojo.

Entonces, ¿cómo pudieron situarse de cara a la ciudad de Jerez, si el guardia civil está seguro que no se produjo la obligada maniobra?

5.ª ¿Es normal que unos viajeros —aparentemente perdidos— no echen mano de mapas de carreteras? (El testigo me aseguró que en ningún momento vio planos en el interior del turismo.)

6.ª Por último, ¿por qué rechazaron la ayuda del motorista, justamente cuando más la necesitaban? Si se hubieran tratado de seres «normales», al penetrar en Jerez, y a la vista de lo complejo que resulta para cualquier novato localizar desde ese punto la nacional IV, lo prudente hubiera sido rogar al amable guía que siguiera abriéndoles camino. Sobre todo, cuando aquél insistió por dos veces en acompañarlos hasta la mismísima carretera general.

Yo doy fe de que tal empeño, desde el zoo a dicha ruta, resulta, cuando menos, engorroso.

Como vemos, son demasiadas casualidades, o circunstancias excesivamente forzadas, como para creer que el camión de mudanzas, los dos grandes turismos y sus ocupantes pudieran ser... «normales».

Es justo que, llegado este momento, el lector se pregunte, como yo, cuál podría ser la explicación a este descomunal embrollo.

Sinceramente, sólo se me ocurre una: aquella luz ámbar, que no era otra cosa que una nave circular con una cúpula, tal y como observaron los testigos, pudo desaparecer cuando se hallaba posada en el segundo cerro y transformarse «sobre la marcha» en un camión de mudanzas. Antes de que el motorista llegase al cambio de la rasante, dicho supuesto «camión» (misteriosamente silencioso) se cruza con el testigo principal y «se deja perseguir» hasta la última curva. Allí, el vehículo desaparece y a los pocos segundos recobra su verdadera forma y estructura: la primitiva nave discoidal. Ésta aparece o se «enciende» a 800 o 900 metros del asombrado motorista, en mitad del asfalto. Pero cuando el guardia acelera y enfila su moto hacia la escurridiza luz ámbar, el ovni vuelve a desmaterializarse, surgiendo en su lugar los ya conocidos grandes turismos, relucientes y con varios pasajeros dentro.

La presente teoría, naturalmente, es indemostrable. Es más: estoy seguro que muchos científicos la rechazarían, de la misma manera que la ciencia oficial y ortodoxa se burló en su día de Copérnico, Galileo o de Cristóbal Colón. Yo estoy convencido de la existencia de otras dimensiones o universos «paralelos» de los que el ser humano no sabe absolutamente nada. Sin embargo, investigando los ovnis —cosa que no hacen esos científicos—, uno va descubriendo un sinfín de casos de súbitas materializaciones y desmaterializaciones de dichas naves. ¿Dónde pueden ir o de dónde pueden proceder? [1]

Es precisamente el conocimiento de estos múltiples casos y la aceptación por mi parte de que tales razas dominan una tecnología a la que le iría corto, incluso, el calificativo de sublime, lo que me impulsa a creer que estas naves son capaces de cambiar de forma, transformándose en máquinas o enseres «humanos». Sé también que tal proposición puede parecer descabellada o fantasiosa, pero volvamos la vista atrás:

¿Acaso la ciencia del siglo XII hubiera comprendido siquiera la implantación de un corazón de plástico en el pecho de un ciudadano, en sustitución del original? (Hecho registrado en la madrugada del 2 de diciembre de 1982 en Salt Lake City, capital del estado norteamericano de Utah. El paciente fue un dentista de Seattle.)

¿Qué hubieran exclamado la Iglesia y los científicos del siglo XV si una mano mágica fuera capaz de situarlos

1. Para aquellos estudiosos del tema ovni que no lo conozcan —y hago extensiva esta invitación a los científicos de buena voluntad—, en 1966 se consiguió fotografiar un ovni, justamente en tres posiciones distintas, correspondientes a otras tantas desmaterializaciones de dicha nave. El autor y testigo, gracias a Dios, fue un científico: un doctor en bioquímica. Invito, como digo, a los lectores que no conozcan el caso a leer mi libro *Terror en la Luna*, en el que se relata el espectacular incidente y se publica el testimonio gráfico.

en el puente de mando de un superpetrolero, capaz de navegar con un piloto automático?

El 27 de octubre de 1553, el médico de Villanueva de Aragón, Miguel Servet, fue quemado vivo en Champel por descubrir, publicar y difundir en definitiva que la sangre circula. Siguiendo esta misma regla de tres, ¿qué les hubiera deparado la ortodoxia y la ciencia oficial del siglo XVI a los médicos ingleses que llevaron a cabo la experiencia del primer «bebé probeta»?

¿Es que los astrónomos del siglo XVII hubieran dado crédito a la siguiente noticia, aparecida en la prensa en 1982?: «Los países en vías de desarrollo reclaman su participación en el reparto de la Luna» (II Simposio Internacional de Derecho Aeronáutico y Espacial, celebrado en Montevideo).

Y hablando de astrónomos, me hubiera gustado ver la cara de los científicos que asistieron en 1910 al paso del cometa Halley si supieran que sus colegas preparan para el 10 de julio de 1985 el lanzamiento de una sonda que «espiará de cerca» (a 70 kilómetros) el paso del citado cuerpo sideral (Proyecto «Giotto»).

Y ya que en páginas precedentes hacía una leve incursión al tenebroso mundo de la Santa Inquisición, ¿qué hubieran exclamado aquellos celosos vigilantes de la fe y de la moral universales si hubieran visto al papa, volando sobre el mundo en reactores y helicópteros o pagando la nómina del Vaticano a través de un ordenador?

Los ejemplos son tantos y tan elocuentes que nos permitirían escribir un interminable y sabroso «catálogo» de lo que fue y es todavía la cerrazón e intransigencia humana. ¿Resulta entonces tan descabellada mi teoría? Nosotros no estamos aún en condiciones técnicas de hacer desaparecer o desmaterializar un Jumbo o un R-18. Es más: el simple planteamiento teórico suena a quimera. ¿Cómo podemos aceptar entonces que una máquina desconocida en forma de disco sea capaz de esfumarse ante los ojos de un testigo y convertirse, además, en uno o dos automóviles o en un prosaico camión de mudanzas?

Se trata, en suma, de un problema de tiempo. Al igual que hubo una ciencia del siglo XV, que negó la redondez de la Tierra, hoy existe una ciencia del siglo XX —capaz de hacer descender a los hombres sobre la superficie lunar— y habrá (Dios lo quiera) otra ciencia del siglo XXV, que se reirá de aquellos primitivos y estúpidos hombres del siglo XX, incapaces de aceptar otros «sistemas» de viajes siderales que no sean los del empuje por la fuerza bruta.

Si mis propias investigaciones, y las de otros «pioneros de la ufología», me están gritando que estamos siendo visitados por otras humanidades espaciales —capaces, entre otras cosas, de «saltar» de dimensión o de universos—, ¿por qué no voy a aceptar lo ocurrido en julio de 1974 en los aledaños de Jerez de la Frontera? Seguramente, los adultos del siglo XXI podrán acusarme de un sinfín de defectos, pero nunca de «miopía» mental...

Buscar una explicación razonable a dicho suceso es ya harina de otro costal.

¿Qué podían pretender los ocupantes de aquel ovni, transformando su nave en camión y después en una pareja de grandes turismos? ¿Por qué esa pregunta sobre la nacional IV? ¿Acaso tiene sentido un barullo semejante? ¿Estamos ante un test, ante una experiencia científica, inescrutable para los humanos, o ante un juego?

Si la primera parte del problema —la referente a la «mecánica» de la transformación de un ovni en «otra cosa»— es ya peliaguda, ésta segunda, la de las intenciones, se presenta poco menos que inaccesible para la mente del hombre del planeta Tierra. Y en buena medida, supongo yo, porque quizá nuestra lógica no está emparentada siquiera con la de estos seres que nos visitan. Claro que para aceptar esta premisa, primero hay que saber algo sobre la humildad...

Y hablando de lógica e ilógica, pasaré a relatar otro encuentro —igualmente inédito y desconcertante— entre un matrimonio aragonés y un tripulante de un ovni. Antes, si me lo permiten, quiero expresar un pensamiento en voz alta: «Si esos seres son capaces de convertir sus naves en rutinarios automóviles o camiones, ¿cuántos de estos extraterrestres se estarán paseando graciosamente por nuestras calles y carreteras?»

9

El «cebo» del Pusilibro. De cómo un día colgué las investigaciones en La Perra Mora. Buscando a una «nodriza» encontré a un «mecánico» cósmico. Huesca: el hombre de la llave. Donde se cuenta cómo los extraterrestres no tutean. Una cínica sonrisa y un «No tengan miedo». Pero ¿es que hay catalanes sin acento? Y al fondo, una «feria». Otra vez los ojos rasgados. «Ese "tío" no era de aquí.» ¿Conoce usted al doctor «Flor»? Una cita personal con la noche.

Ese mismo año de 1974 (algún día tendré que sentarme a la máquina y hacer una valoración de la «oleada» ovni que agitó España en tales fechas) se producía otro encuentro aparentemente absurdo. Cuatro meses después del incidente de Jerez, un matrimonio oscense recibía un susto de muerte cuando circulaba de madrugada por la carretera nacional 240 (Jaca-Huesca). En esta ocasión, sin embargo, se cambiaron los papeles. Fue el supuesto ocupante del ovni quien se aproximó a la ventanilla del coche y...

Pero por aquello del rigor cronológico permita el lector que me remita primero a otros acontecimientos y tribulaciones en los que me vi envuelto (según Raquel, mi mujer, por mi mala cabeza) y que, en cierto modo, hicieron posible que conociera esta nueva y desconcertante historia.

Según consta en mi «cuaderno de bitácora», fue en la mañana del 19 de septiembre de 1977 cuando recibí —a través de mi inseparable amante, la radio— la primera noticia en torno a una serie de continuos avistamientos de ovnis que habían empezado a registrarse en pleno Pirineo aragonés. Yo me dirigía en aquella jornada a la aldea de Escalada, a poco más de 12 kilómetros de Almonaster la Real, en las entrañas de Sierra Morena (Huelva). Cuarenta y siete días antes —el 3 de agosto—, una joven de la referida localidad había sufrido otro esperpéntico encuentro con dos seres que lucían largas túnicas. (Y quiero recalcar lo de «esperpéntico» porque, como se verá en el segundo y próximo libro sobre *Los humanoides*, el caso de la señorita Ceferina Vargas viene a engordar la ya respetable lista de sucesos absurdos y desatinados.)

Recuerdo que paré mi anciano Seat (el coche que más sabe de ovnis del mundo) y golpeé el volante, renegando de mi mala sombra. «¡Los ovnis sobre el Pusilibro y yo aquí, a 1 000 kilómetros...!» (A veces, y si no fuera porque el sentido de la racionalidad se levanta en esos momentos como una muralla, he llegado a pensar que «ellos» disfrutan burlándose de pobres infelices como yo.)

Eché un vistazo a aquellos bosques, buscando en vano las cuatro casas de Escalada. Si el mapa no mentía, la aldea tenía que presentarse ante mí poco más allá de aquellos anónimos pinos, vestidos ya de tabaco y oro, como marcan los cánones del otoño.

Allí mismo, entre las montañas azules que —dicen— rodaron un día desde los fríos pagos de Aracena, en busca del sol de Huelva, dudé. ¿Debía salir a espetaperro hacia Aragón o celebraba mi primera entrevista con la testigo de aquel nuevo encuentro?

Al final se impuso el sentido común y proseguí por la voluntariosa pista forestal, en busca de Escalada y de las aventuras que Dios tuviera a bien reservarme.

Mi instinto, sin embargo, no me traicionó. Tal y como suponía, las noticias sobre un gigantesco ovni rojo en los cielos propiedad del monte Pusilibro continuaron fluyendo y —¿para qué ocultarlo?— atormentándome. El torrente de comunicados alcanzó tal caudal que, a los pocos días, colgué todas las investigaciones y salí a escape de las solanas de La Perra Mora, en los lindes de Extremadura y Andalucía con Portugal, donde, al final, me había arrastrado mi frenética persecución ovni.

Doce horas después —con media docena de cafés negros y dobles por todo sustento— divisaba la pirámide plateada de la Universidad Laboral de Huesca. Consulté el mapa y, tras proveer mi despensa (es un decir) a base de bocadillos, café en abundancia y un cuartillo de coñac, que era la medida que estaba pidiendo a gritos mi otra compañera, la «petaca», salvé los 15 kilómetros que separan la capital oscense del cruce con la carretera comarcal que debía conducirme hasta el castillo de Loarre, el núcleo habitado más próximo al pico del Pusilibro, de 1 591 metros de altitud, en plena sierra Caballera. Yo conocía el altivo castillo desde 1969, cuando tuve la fortuna de trabajar como reportero en *El Heraldo de Aragón* de Zaragoza. Así que no lo medité mucho: aquél sería mi «campamento» mientras durase mi estancia en las estribaciones del Pirineo. (Evidentemente me he explicado mal. Mi «campamento» no fue el castillo propiamente dicho, sino una pequeña meseta que se cobija —a los pies de la fortaleza— de las dagas —más que vientos— que acuchillan desde el septentrión. Mi refugio, puesto de vigilancia y amigo en esas largas soledades sólo pudo ser uno: mi coche.)

Una vez «instalado» al socaire de un macizo de árboles —es costumbre en mí tratar siempre de pasar lo más inadvertido posible—, dediqué los minutos siguientes a ordenar mis apuntes, recortes de prensa y a trazar un «plan de trabajo». «Si yo hubiera estado más ágil de reflejos —me echaba en cara una y otra vez—, probablemente habría tropezado con esa fantasmagórica nave rojiza, con forma de "cigarro-puro", que había sido vista y fotografiada en los pasados días de octubre y noviembre.» Pocos días antes de mi llegada a Huesca —en la noche del 2 de noviembre, para ser exactos—, un vecino de aquella ciudad, Ricardo Rodrigo Lera, había logrado —¡al fin! un testimonio gráfico en color de inestimable valor.[1] Y como si de una burla del destino se tratase, ese mismo día de mi entrada en Huesca —10 de noviembre—, al hacerme con un ejemplar de *Nueva España*, el periódico local, pude ver en primera página dos de las cuatro imágenes de la extraordinaria nave «nodriza» que venía siendo observada desde setiembre. El titular (a toda página) decía lo siguiente: «Exclusiva: fotografiado el "OVNI" de Pusilibro.»

Sentado en el interior de mi viejo coche, derrotado sin duda por aquellos mil kilómetros y rodeado de mapas y papeles, terminé por quedarme profundamente dormido.

Al alba, un frío siberanio me sacó de aquel incómodo sueño. Una voz lejana, desde el fondo de la radio —que había quedado involuntariamente prendida toda la noche—, le sacaba punta a no sé qué noticias sobre la amnistía y el *Guernica*. Fue un despertar entre maldiciones:

1. Estas imágenes en color del ovni de Pusilibro, así como la historia completa de su obtención y el ridículo papel jugado por algunos ufólogos de «salón» en la investigación del caso, son presentados en mi libro *La gran oleada*.

aquel descuido, en pleno monte, podía costarme muy caro. ¿Funcionaría la batería?

Aparté los papeles de un manotazo y acaricié el gélido volante. «¡No me falles, muchacho! Tienes que arrancar...»

Al cuarto intento, y cuando me daba ya por perdido, el Seat respondió como un hombre. (Aunque pueda parecer cosa de locos, cuando uno quema la mitad de los días del año en la única compañía de su automóvil, termina por hablarle de tú, haciéndole poco menos que confesor y confidente.)

Reconfortado a medias con la calefacción y con un moderado tiento a la «petaca», me dispuse a rastrear la zona, en busca de los testigos del ya internacional «Ovni del Pusilibro», como había sido bautizado por propios y extraños.

Ahorraré al lector mis andanzas durante aquel fin de semana por los pueblos de Loarre, Aniés, Sarsamarcuello, Bentué de Rasal, Ayerbe y Arguís, entre otros, porque los principales frutos de tales investigaciones ya quedaron reflejados en mi anterior libro *La gran oleada*, y porque no es mi intención distraerle del verdadero sentido de estas líneas: el encuentro del matrimonio oscense con un tripulante de un ovni.

El caso es que en la mañana del sábado, día 12, mientras reponía las mermadas fuerzas en el bar Floresta, en Ayerbe, una llamada telefónica a mi buen amigo y periodista Foncillas me situó tras la pista de otro colega de *Nueva España*, Luis García Núñez, que venía trabajando desde el principio en las informaciones del asunto «Pusilibro». Fue en una de aquellas febriles jornadas, mientras procuraba desenredar el cada vez más confuso y feo tema de las referidas cuatro fotos del ovni del Pusilibro, cuando el entrañable amigo Luis me anunció —casi sin darle importancia— que sabía de otro ciudadano que aseguraba haber tenido un tropiezo con un extraterrestre.

Luis conocía bien y de antiguo a este testigo —mejor dicho, a los testigos, puesto que se trataba de un matrimonio— y me dio todo tipo de garantías respecto a la solvencia moral de los mismos.

Y una tarde, por fin, tras vencer cierta resistencia por parte de los protagonistas, y después de empeñar una vez más mi palabra de honor, prometiendo no desvelar la identidad de los testigos, Luis, el marido en cuestión, Ricardo Fernández Sansans (el falso fotógrafo del ovni de Pusilibro), otros amigos comunes y yo, nos reunimos en Huesca para conocer aquel nuevo caso, mantenido en un inaccesible secreto durante tres años justos. (Esta primera entrevista fue grabada íntegramente.)

—El nuestro —abrió el fuego el joven industrial, que tuvo sumo cuidado en adelantar que tanto él como su mujer eran escépticos en «esto de los ovnis»— fue un contacto... a través de un cristal.

—¿De un cristal?

—Sí, el de la ventanilla del coche. Fue en noviembre de 1974. Habíamos celebrado la fiesta de santa Cecilia y a eso de las tres y media o cuatro de la madrugada salimos del restaurante, en la Venta del Sotón, y regresamos a casa.

—Entonces fue el día 22 —terció Luis García Núñez, que se las sabe todas.

—Pues no. Me acuerdo que aquella cena tuvo lugar el sábado siguiente al día de santa Cecilia. Sería cuestión de mirar un calendario...

—Lo consultaré —prometí al testigo, invitándole a que prosiguiera.[2]

—Total, que nos despedimos y salimos todos juntos. Yo fui el primero, o de los primeros, en entrar en la carretera.

—Con dirección a Huesca, supongo.

—En efecto. Ya te digo que mi mujer y yo volvíamos a casa. Hacía un frío de órdago a lo grande.

En mi afán por reconstruir lo más fielmente posible el suceso, volví a interrumpir al testigo:

—Un momento: ¿estás seguro que fuistes el primero en salir de la Venta?

—Ahí está el problema. Yo creo que fui el primero en arrancar. Y recuerdo también que vi los faros de los otros, siempre detrás de mi «124». Pero, al pararnos aquel hombre, los coches de mis compañeros habían desaparecido.

—Pero eso no puede ser —comentó otro de los asistentes a la grabación—. De la Venta a Huesca apenas si hay catorce kilómetros...

—Estoy diciendo —repitió el testigo— que no lo comprendo. Como podrás deducir por lo que pasó después,

2. Aquel verano de noviembre de 1974 —día de santa Cecilia— cayó en viernes. El «encuentro», por tanto, sucedió en la madrugada del sábado, 23, al domingo, 24 de noviembre.

algunos de los automóviles que nos seguían tendrían que habernos dado alcance. Y no creo, además, que yo pudiera llevarles más de dos o tres minutos de ventaja. No me lo explico...

—¿No será —intervine, tratando de que el testigo recordara alguna posible razón que provocara aquel distanciamiento con los otros vehículos— que le pegastes fuerte al coche?

—Todo lo contrario. ¡Íbamos despacio!

—¿A qué distancia de la Venta tuvo lugar el encuentro?

—A dos kilómetros. Ya me dirás si en ese corto recorrido, y viendo cómo veía las luces por el espejo retrovisor, podía ocurrir lo que ocurrió.

—¿Y qué ocurrió?

—De pronto vimos a un hombre a la derecha de la carretera. Yo llevaba las luces largas. Estaba junto a la cuneta y como a unos ocho o diez metros del coche. Me hizo señales para que parase y paré, naturalmente, pero aunque, como digo, no circulaba a mucha velocidad (quizá iría a setenta kilómetros por hora), le rebasé. Frené unos cuantos metros más allá de donde se encontraba aquel individuo y di marcha atrás.

—¿Por qué dices que parastes «naturalmente»?

—¡Hombre! Porque a esas horas y en plena carretera, siempre hay que suponer que la persona que te hace parar es porque necesita alguna ayuda. Sin embargo, tanto mi mujer como yo notamos algo raro.

—¿En qué?

—En una primera impresión, al rebasarle, nos dio tiempo a ver una ropa y un pelo extraños. Segundos después, al dar marcha atrás, lo confirmamos.

—¿Estás seguro que aquel hombre quería que paraseis?

—Totalmente. ¿Por qué si no iba a levantar su brazo derecho? Aquélla fue la típica señal del que necesita algún auxilio...

—¿Qué altura podía tener?

—Superior a la media normal humana. Después, cuando se inclinó hacia la ventanilla derecha, yo le calculé alrededor de un metro noventa.

Guardé unos segundos de silencio. ¿Por qué el testigo —que afirmaba de antemano que no creía demasiado en ovnis— había hecho aquella espontánea comparación con la «media normal humana»? No dije nada, pero intuí que el industrial aragonés daba por hecho que aquel ser no era terrestre.

—¿Se movió de la cuneta mientras tú retrocedías con el coche?

—No. Esperó a que yo me situase a su altura. Por el espejo, mientras daba la marcha atrás, observé cómo se situaba de cara a mí, pero sin moverse del punto donde le encontramos. Después, al parar nuevamente, caminó uno o dos pasos hasta colocarse frente a la ventanilla delantera derecha.

»Mi mujer estaba muy asustada. Bajó el seguro de la puerta con el codo y (a toda prisa) terminó de cerrar el cristal de la ventanilla.

—¿Por qué hizo todo eso?

—Tenía miedo. Ya te digo que aquel «tipo» no era normal. Cuando me disponía a frenar para dar marcha atrás, ella me dijo: «¡No pares!, ¡No pares!...» Pero no le hice caso y retrocedí. Mientras cubría los escasos metros que me separaban del individuo, ella siguió pidiéndome que no parase...

»Al ver que el hombre se aproximaba e inclinaba hacia la ventanilla le dije a mi mujer que bajara el cristal. Pero se negó en redondo. Y tuvimos que hablar con el vidrio de por medio. ¿Comprendes ahora lo del «contacto a través de un cristal»?

—¿Hablasteis?

—Sí, claro. Yo le pregunté qué necesitaba...

—Pero vamos a ver —le corté con cierto asomo de incredulidad—, si tenías la ventanilla cerrada, ¿cómo podías oírle?

—De la misma manera que él parecía entenderme a mí. La verdad es que le escuchábamos perfectamente... Me pidió una llave.

—¿Una qué...?

—Una llave. Imagínate una llave inglesa, pero que no fuera ese el nombre...

—No entiendo nada.

El testigo sonrió, comprendiendo mi despiste.

—Verás: con este asunto me ha pasado también algo raro. Al poco de tener este encuentro, olvidamos por completo el nombre que había citado aquel individuo. Ahora mismo, por muchos esfuerzos que haga, no puedo recordarlo. Sé que era un nombre técnico y que, probablemente, define algún tipo de llave de las muchas que se utilizan en mecánica.

Le rogué entonces al testigo que intentara reconstruir lo más exactamente posible aquel diálogo.

—Es difícil —anunció—; pero más o menos fue así: el hombre pegó casi su cara al cristal. Nos observó unas décimas de segundo y yo le pregunté: «¿Qué necesita?» «¿Disponen de una llave tal?» Ya te digo que no puedo recordar el nombre de la herramienta.

—¿Os habló de «tú» o de «usted»?

—De «usted».

—Volvamos un instante a la dichosa llave. ¿La determinó con una palabra o con una frase?

—Con una palabra y muy corta, por cierto.

—¿En castellano?

—Siempre. Yo le comenté entonces que no sabía a qué clase de llave se refería y que no podía ayudarle.

—Perdona: ¿te sonó aquella palabra a terminología británica?

—Quizá, pero no era llave inglesa.

—Dices que el «hombre» conversó siempre en español...

—Así es.

—¿Cambió su entonación o acento al pronunciar ese término concreto?

—Yo diría que un poco —apuntó el joven, sorprendido por este súbito descubrimiento—. Ahora que lo dices, pues sí... Mira: yo no había caído en ese detalle. Efectivamente, al pronunciar el nombre de la llave, hubo un leve giro en la pronunciación.

—¿Te recordó algún idioma en particular?

—Me sonó a inglés.

—Está bien. Continúa, por favor.

—El hombre debió de notar nuestro nerviosismo, sobre todo el de mi mujer, y nos dijo «que no tuviéramos miedo»...

—¿Es que se notaba que teníais miedo?

—Supongo que sí; para qué te vamos a decir lo contrario. Yo tenía cierta prudencia. Mi mujer, en cambio, temblaba.

—Trata de reconstruir esta segunda parte del diálogo...

—«No tengan miedo», nos dijo. «Soy el doctor fulano de tal, de Barcelona...»

—¿Os dio su nombre?
—Sí, pero tampoco lo recuerdo bien. Sé que era algo de flor...
—¿«De Flor» o un apellido relacionado con el nombre de una flor?
—Con el nombre de alguna flor...
—Por ejemplo, ¿doctor Rosa o doctor Jazmín?...
—Lo siento, no consigo recordarlo.
Uno de los atentos asistentes a la narración del vecino de Huesca intervino con una acertada observación:
—Si era de Barcelona, tendría acento catalán...
—Pues tampoco. Su castellano era impecable. Sin inflexión alguna de la voz.
—¿Ahí terminó el diálogo?
—No. Después de explicarnos que era el doctor tal, de Barcelona, nos dijo que «se le había estropeado el coche». Yo le respondí que a un par de kilómetros de allí había una gasolinera y que quizá pudieran atenderle. Incluso recuerdo que me brindé a llevarle. Pero Maribel estalló y dijo que ni hablar, que yo no le montaba en el coche y que saliéramos a todo gas. Que se fuera andando...
—¿Vistes algún coche por allí cerca?
—No. Lo que sí vimos fue un objeto, como una media luna, lleno de luces de colores y posado a corta distancia, en pleno campo. Pero aquello no podía ser un coche. ¡Era mucho más grande! Además, que no, que aquello parecía una feria en lugar de un automóvil.
—¿Dónde estaba esa «feria»?
—A la derecha, justamente a espaldas del individuo.
—Piénsalo bien: ¿podía ser un camión?
—No y mil veces no. Si aquello era un coche o un camión, yo soy Napoleón. Allí no hay quien meta un turismo. No hay senderos o carreteras. ¡Es puro campo!
El testigo agarró mi bloc de notas y dibujó la forma del objeto, al tiempo que repetía con cierto coraje:
—Pero ¿es que no voy a saber yo distinguir un coche o un camión de una cosa así?
El dibujo, en efecto, reflejaba la silueta de un ovni típico: semiesférico y con un sinfín de «pilotos» o luces a todo su alrededor.
—Este aparato tenía que alcanzar unos cuatro metros de altura por otros tantos de diámetro —subrayó.
—Bien: regresemos al diálogo.

—Pues nada: ahí terminó. Él nos dio las gracias y yo aceleré como alma que lleva el diablo.

—¿Cuánto tiempo pudo durar el encuentro, desde que visteis al hombre por primera vez?

—Entre unas cosas y otras, alrededor de tres minutos.

—¿Qué postura adoptó durante todo ese tiempo?

—Al principio, como te dije, estaba de pie, al borde mismo de la calzada. Después, al aproximarse al cristal, se inclinó, apoyando uno de los brazos sobre el techo del «124». Su rostro quedó muy cerca de la ventanilla.

—¿Encendistes la luz interior o alguna linterna?

—No.

—Entonces, ¿cómo pudisteis ver sus facciones?

—La noche, aunque hacía frío, era buena. Y había luna.

—¿Gritaba o hablaba normalmente?

—Observé que abría mucho la boca, pero yo no diría que gritaba.

—¿No os molestaba el ruido del motor?

—Pues no. El coche permanecía al ralentí, pero le oíamos perfectamente.

—Pasemos ahora a la descripción del individuo. ¿Qué tipo de ropa vestía?

—Era un mono, de una sola pieza y de un color verde manzana. Lo llevaba muy ajustado. Al acercarse nos fijamos también en otro detalle: aunque el «buzo» era parecido al que usan los mecánicos, el cuello era distinto. Lucía una tirilla (algo parecido al alzacuellos de los curas) que le cubría hasta aquí.

El testigo señaló la zona de la nuez.

—Pero ¡ojo! —añadió el industrial—, todo formaba una misma pieza. En las muñecas también observamos esa especie de tirilla.

—¿Visteis algún emblema o bandera o armas?

—No, nada de eso. Sólo tenía un bolsillo en el lado izquierdo. Un bolsillo largo a la altura del pecho. Hubo un momento en que yo me incorporé sobre el asiento y le vi unos zapatos, parecidos a nuestros mocasines, pero también lisos y como de plástico.

—Por cierto, ¿qué clase de tejido podía ser el del mono?

—Nos recordó al de «lamé», pero en mate. Al principio, cuando le enfocamos con las largas, el traje brilló. Después, al aproximarse a la ventanilla, ya no relucía. Por eso digo que me parecía mate.

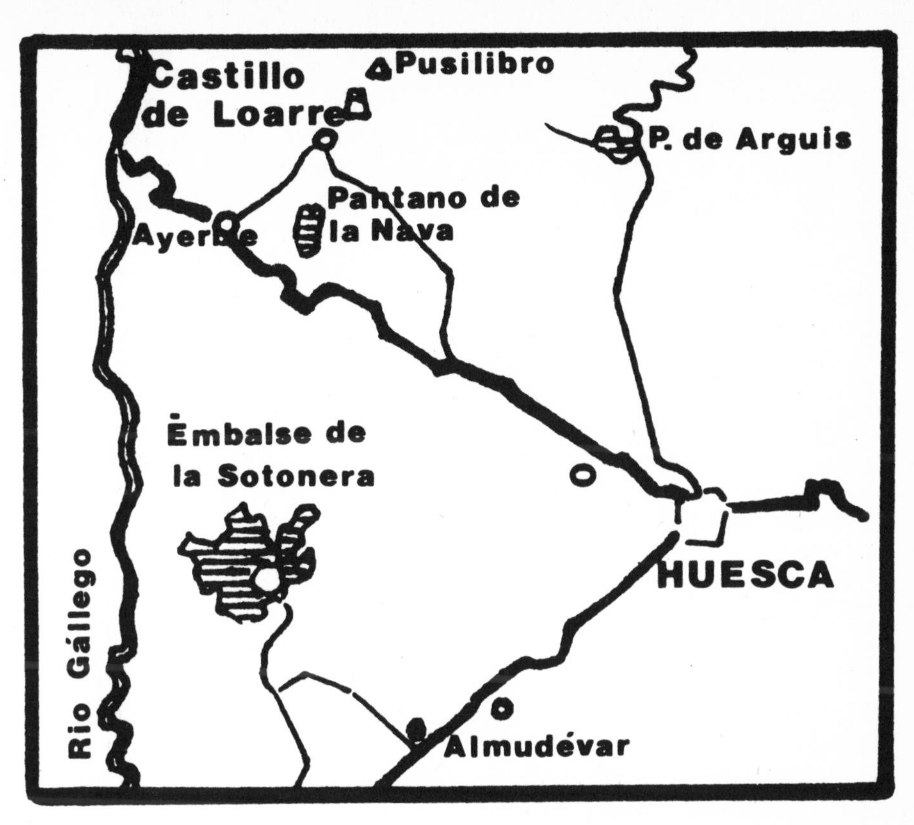

El círculo marca el lugar —próximo a la ciudad de Huesca— donde se registró el encuentro con el extraño individuo.

—¿Y la cara?

—Era alargada. Quizá más de lo normal, aunque también puede ser que el tipo de peinado marcara aún más ese estrechamiento. El cabello era blanco y cortado a cepillo, pero con unas pronunciadas entradas...

El testigo buscó alguna imagen que reforzara su descripción:

—¿Habéis visto esas películas en las que aparecen unos indios con una especie de cresta en todo lo alto? Bien, pues algo así, pero muy rapada.

—¿A qué altura nacía esa «cresta»?

—En la frente, aunque no muy abajo.

—¿Era de piel blanca?

—Más blanca que la nuestra... No sé cómo explicarme. En cuanto a los ojos, eran rasgados y más largos de lo normal. No tenía cejas. Me acuerdo muy bien porque me chocó.

—¿Te recordó algún tipo de ojo en particular: japonés, chino, coreano?...

—A ninguno. Este personaje tenía unos ojos mucho más estrechos y largos. Los pómulos eran también muy pronunciados y altos, y la nariz, aguileña, aunque no ganchuda.

»Los labios eran normales. Cortados quizá, como si hubieran estado expuestos a un viento frío.

—¿Tenía barba?

—No. Parecía recién afeitado, suponiendo que necesitase rasurarse...

Las orejas, en cambio, al igual que los ojos, los pómulos y la falta de cejas, también me impresionaron: eran largas y afiladas.

—¿Qué edad podía tener? —intervino Luis.

—Aproximadamente, unos cuarenta y ocho años.

—¿Cómo definirías aquella cabeza?

—Pequeña, estrecha y alargada. El mentón, igualmente afilado, contribuía también a esa imagen. Te juro que infundía miedo...

—¿Podrías catalogarle como un hombre atlético?

—Al contrario. Era delgado y con unas ojeras pronunciadas.

—Dices que los ojos eran rasgados...

—Sí, muy rasgados.

—¿Inclinados hacia arriba o hacia abajo?

—Rectos. Perfectamente rectos.
—¿Y las manos?
—Largas y con uñas cuidadas.
—¿Anillos?
—No creo...
—¿Quién se mostraba más tranquilo: vosotros o él?
—Él, desde luego.
—¿Sonrió en algún momento?
—Sí, sí lo hizo. Fue al decirnos que no tuviéramos miedo.
—¿Cómo describirías esa sonrisa?
—Cínica... Como queriendo decir «¿qué os pensáis?».
—¿Estás seguro?
—Absolutamente.
Volví a guardar unos segundos de silencio.
—Me estaba preguntando —comenté— cómo habrías reaccionado si hubieras dispuesto de esa llave que os pidió...
El testigo fue rápido en su respuesta:
—Se la habría dado. Y te diré algo más: de haber ido solo, me hubiera bajado del auto. Pero mi mujer estaba muy temerosa.
—Supongo que esa imagen no se borrará de tu mente...
—Jamás. Ahora mismo, recordando todo aquello, la sigo viendo.
—Si tuvieras que clasificarlo como un ser humano, de nuestro mundo, ¿podrías?
—No, ni hablar... Ese «tío» no era de aquí. Después, cuando le dejamos atrás, medio en broma medio en serio, se lo comenté a Maribel.
—¿Pudistes observarlo por el retrovisor?
—Apenas unos segundos. En seguida desapareció.
—¿Hacia dónde?
—No lo sé. Supongo que hacia el campo porque, de lo contrario, habría seguido viéndolo.
Antes de dar por terminada aquella primera grabación insistí en un punto de vital importancia a la hora de catalogar el caso como un posible encuentro con el tripulante de un ovni. Me refiero al objeto semiesférico que fue observado por ambos a la derecha de la carretera, en pleno campo. Una y otra vez, sin caer en la menor contradicción, los testigos dejaron sentado que el misterioso aparato era algo totalmente desconocido. Unas 15 luces —redondas como los

intermitentes de las motos— giraban de izquierda a derecha, con una cadencia determinada. «Eran rojas, amarillas y blancas, aunque las rojas destacaban con más intensidad», subrayó el conductor del «124».

Cuando les pregunté si llegaron a comentar lo ocurrido con los restantes amigos que habían acudido a la cena de santa Cecilia, el matrimonio afirmó que no. Al parecer, y según mis propias averiguaciones, ninguno de los conductores que seguían al turismo del industrial observó nada anormal. Algunos días más tarde —y en otra de esas «curiosas» casualidades—, los testigos tropezaron con Luis García Núñez y le relataron su experiencia. Tres años después —y con el «cebo» del ovni del Pusilibro— yo aparecía de nuevo por la entrañable tierra oscense, conociendo a Luis y al matrimonio que nunca olvidará al «hombre de la llave»...

Cinco años más tarde, y siguiendo mi costumbre de dejar pasar largos períodos de tiempo entre entrevista y entrevista, volví a reunirme con el matrimonio aragonés. En esta ocasión, el encuentro tuvo lugar en Zaragoza, ciudad en la que residen habitualmente y en la que defienden su negocio. Yo tenía cierto interés en interrogar a la esposa. Sé que las mujeres gozan de un especial sentido de la observación y era muy probable que Maribel hubiera captado detalles que pasaron por alto al conductor del «124». No me equivocaba.

Aunque la exposición de la esposa del industrial fue prácticamente la misma que me hiciera su marido en la ciudad de Huesca, sin embargo, aportó algunos datos nuevos y de gran interés para posteriores indagaciones.

Uno de los extremos más destacados fue el supuesto apellido del individuo. La testigo recordaba perfectamente cuál había sido aquel apellido.

—Él nos dijo que era el doctor «Flor», de Barcelona. Que no tuviéramos miedo y que tenía su vehículo «aparcado» allí mismo...

»Fue entonces —amplió Maribel— cuando nos fijamos en aquel objeto tan raro, posado en mitad del campo y lleno de luces de colores.

Insistí varias veces en el asunto del apellido, y la mujer fue precisa y rotunda: «No nos dio un nombre de flor. Él se refirió exactamente al apellido "Flor".»

En cuanto al físico e indumentaria del misterioso individuo, la esposa del industrial coincidió plenamente en la descripción que yo conocía, añadiendo quizá algunos pequeños detalles. Por ejemplo, qua la tirilla del cuello presentaba una abertura en el centro, que su altura era muy considerable («posiblemente alcanzaría los dos metros»), que, al inclinarse hacia la ventanilla, flexionó su rodillas y que su tono y comportamiento fueron siempre educadísimos...

Al acelerar y proseguir hacia Huesca, la mujer creyó ver un extraño resplandor en el lugar donde había estado el «hombre». Sin embargo, no pudo precisar la causa de dicha luminosidad o fogonazo.

—Lo que sí pude comprobar con toda certeza —añadió Maribel— es que, en el tiempo que permanecimos parados, no pasó un solo coche. Ni en un sentido ni en otro. Y, la verdad, es que nunca me lo he explicado. Detrás nuestro venían varios coches más...

Cuando le recordé a sus amigos y compañeros de cena, la testigo ratificó la versión de su marido, completándola con las siguientes palabras:

—Recuerdo incluso que, cuando me disponía a entrar en el coche, una de mis amigas, Ángeles, se despidió desde su automóvil con un «Hasta mañana» y añadió: «No faltes mañana...» Y salimos todos juntos de la Venta del Sotón. Lo curioso es que, minutos después del encuentro con aquel hombre, al parar nosotros en la gasolinera que hay a la entrada de Huesca, vimos pasar los automóviles de nuestros compañeros. ¿Cómo se entiende esto?

Tal y como me señaló repetidas veces el matrimonio, si los coches de sus amigos habían arrancado inmediatamente detrás del suyo, y la prueba es que antes del «incidente» habían venido viendo sus faros, ¿cómo es que en esos dos minutos que permanecieron parados en la calzada no los rebasaron?

Como vemos, el enigmático fenómeno (por llamarlo de alguna forma) de la «congelación» del tiempo se repite una y otra vez.

Por supuesto, como habrá adivinado el lector, una de mis primeras comprobaciones se centró en el asunto de la identificación del supuesto «Flor», de Barcelona.

Con el fin de ganar tiempo, y a través de mi buen amigo el doctor Manolo Molina Moreno, pude verificar —a través del Colegio Oficial de Médicos de Barcelona— que en aquellas fechas en que se registró el «encuentro» (noviembre de 1974), el número de colegiados con el apellido «Flores» era de siete. De éstos había que descartar dos, ya que se trataba de mujeres. Uno sólo, en cambio, llevaba por primer apellido «de la Flor». La carta del citado Colegio Oficial aparece firmada por el oficial mayor, don Fernando Casas Castañer.

En el fondo, y al quedar reducida la búsqueda a un solo galeno catalán, la cosa fue mucho más sencilla.

En uno de mis viajes a Barcelona, me dediqué a una intensa búsqueda del «sospechoso». Por fin, y después de no pocos rodeos, conseguí ubicarlo. (Ahorraré al lector las casi cómicas conversaciones con la esposa del médico barcelonés y con el propio doctor «de la Flor» que, como suponía, no tenían la más remota idea del suceso ni de lo que yo me traía entre manos...)

Lo importante es que el verdadero doctor Flor no respondía —ni mucho menos— a la descripción del matrimonio aragonés. Su altura es aproximadamente de 1,65 metros y su rostro tampoco guarda relación alguna con el que vieron los testigos. Naturalmente, el amable galeno no se ha preocupado jamás por el fenómeno ovni ni ha conocido a un individuo de las características de aquel falso doctor.

Una vez esclarecido este punto, y aceptando que el misterioso interlocutor del matrimonio de Zaragoza fuera uno de los tripulantes del ovni semiesférico que aparecía posado en pleno campo, ¿a qué conclusión podía llegar? Sólo se me ocurre una: que aquel supuesto extraterrestre estaba perfectamente informado y que, como pude verificar, sabía de la existencia de un doctor «Flor», residente en la Ciudad Condal... (Supongo que el lector sabrá extraer otras y sabrosas conclusiones sobre el particular.)

LA ÚLTIMA NOCHE EN EL PUSILIBRO

Como cada atardecer, una vez ultimadas las entrevistas, gestiones y pesquisas a que me obligaban aquellos días los casos del ovni del Pusilibro y el encuentro del matrimonio zaragozano con el «mecánico» del espacio, aquel 19 de noviembre de 1977 me apresuré a buscar el refugio, la paz y la soledad del castillo de Loarre. Nadie lo supo nunca, pero yo tenía entonces una cita personal con la noche. ¿O era conmigo mismo? Mientras se espera bajo un millón de estrellas, uno —casi sin proponérselo— termina por arriar el alma. Mientras la vista juega al escondite con las Pléyades o sueña padres cósmicos en Orión, el libro del corazón (se quiera o no) se abre de par en par. Y uno vuelve a las viejas preguntas...

¿Quién soy yo?

¿Es que puedo aceptar esa triste realidad de un hombre —un simple ser humano— que un día, hace 36 años, apareció porque sí en este planeta?

¿Cuál es mi verdadero origen?

¿Será —como presiento— cualquiera de esos mundos que hacen su ronda cada noche?

¿Por qué estoy aquí? ¿Cuál es mi misión en la vida?

¿Será, como leo en mi alma, el duro aprendizaje de una existencia tortuosa, sembrada de fracasos, de dolor y de ignorancia?

¿Por qué no puedo ser como tantos otros, más atentos al poder, al triunfo o al puñado de alegrías que ofrece cada jornada?

¿Por qué lucho por la libertad o por la justicia, si soy el primer esclavo de mí mismo?

¿Qué clase de fuego ha prendido en mis entrañas, que me está quemando en pos de unos seres a los que nunca alcanzo?

¿Es que no he recibido un entrenamiento más que sobrado como para verles ya cara a cara?

Y sumido en estos pensamientos, esperé. Ése parece mi sino: esperar siempre. Esperar desde las cumbres o en las orillas...

El pantano de la Nava, al pie de mi «campamento», jugaba a ser espejo, ajeno por completo a mi infinita melancolía.

Pero aquella última noche en el regazo del Pusilibro yo iba a recibir toda una lección. Y quiero reflejarla ahora, como advertencia a los que —como yo— han podido creer en algún momento que están definitivamente preparados para ese ansiado contacto físico con los ocupantes de las naves.

**"Aquel individuo levantó su brazo,
haciéndome señales para que me detuviese."**

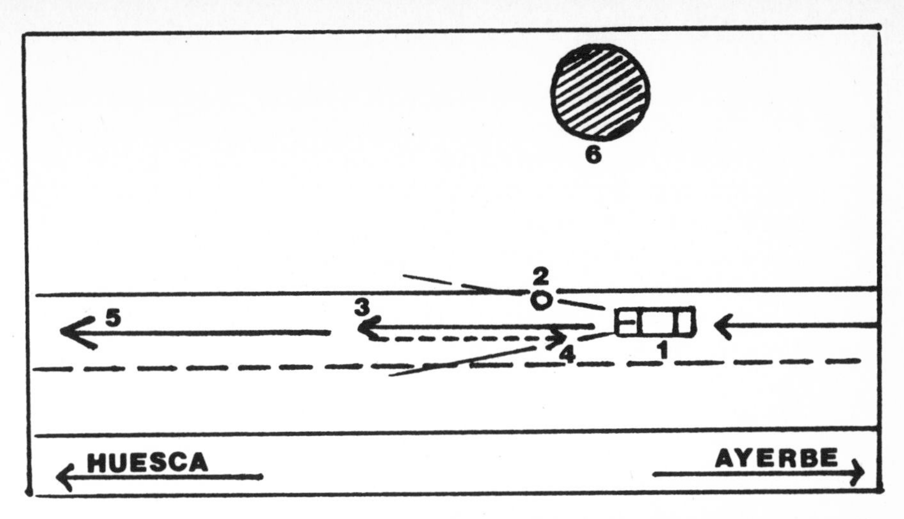

1, el turismo enfoca al extraño individuo. 2, situación del misterioso "doctor". 3, el coche, por inercia, rebasa al "hombre" que hace señas. 4, el conductor mete la marcha atrás y retrocede hasta situarse a la altura del extraño ser. 5, el turismo prosigue en dirección a Huesca. 6, situación del ovni, en mitad del campo.

"No tengan miedo", nos dijo aquel hombre a través del cristal de la ventanilla. Al fondo, en mitad del campo, vimos un objeto muy extraño, con muchas luces.

Como en las noches precedentes, y antes de guarecerme en el «124», hice una pausada visita al intrincado bosque que asciende por el Pusilibro. Desde uno de los calveros se domina con generosidad el horizonte y los 180 grados de firmamento. La noche anterior, según mis noticias, una de aquellas naves que venían frecuentando el Pirineo aragonés desde hacía dos meses había sido observada por enésima vez desde la ciudad de Huesca. «¿Quién sabe? —me animé a mí mismo—. Quizá esta noche sea inolvidable...»

¡Y lo fue, vive Dios!

Me olvidé del intenso frío, cortante como una navaja barbera, y —también como cada noche— me senté al pie de uno de los añosos pinos que guardan aquel claro. Una media luna, enredada aún entre las copas de los árboles, parecía más que divertida con la presencia de aquel intruso, prismáticos al cuello y excesivamente seguro de sí mismo.

No sé, a ciencia cierta, qué era más negro: si el silencio del bosque o la oscuridad. Pero yo estaba dispuesto a todo. Incluso a demostrarme a mí mismo que podría soportar el descenso de un ovni y el posible diálogo con sus ocupantes. (¡Pobre ingenuo!, repito ahora, al recordar aquellas horas en la montaña.)

Por simple rutina clavé los ojos en la espesura, pasando revista a la ya familiar primera hilera de troncos. Una ligera brisa del norte tapaba y destapaba a la Luna, meciendo el enramado y sacándole brillo a las tinieblas. A ratos, y casi por obligación, varios mochuelos —siempre emboscados— empinaban sus lamentos por encima de las copas, obligándome a buscar sombras inexistentes.

Al cabo de una hora, y cuando el relente empezaba a humedecer mis cabellos, las rapaces enmudecieron. La verdad es que me percaté de ello a los cinco o diez minutos. Afilé los sentidos y noté, en efecto, un silencio espeso y anormal. ¿Por qué habían callado las aves? En noches anteriores, los chillidos se sucedían sin tregua...

Un escalofrío me envaró la espalda. (Ahora estoy seguro que fue el miedo.)

Recorrí con la vista los negros límites del claro, tratando de identificar la causa de aquel enmudecimiento general. Todo seguía inmóvil. Durante unos segundos aguardé el nunca tan ansiado canto de los mochuelos y lechuzas. Fue inútil.

Me incorporé despacio, sintiendo en la palma de la mano la humedad de la hierba. A mi espalda, el laberinto de pinos y monte bajo hacía problemática una posible huida por dicha zona.

«Pero ¿por qué tenía que huir?» Aquella súbita idea me dejó perplejo. «Aún no he visto nada, ni a nadie, y ya estoy pensando en la fuga...» Tenía gracia.

Pero, en ocasiones, las reacciones químicas del organismo humano parecen divorciadas de la voluntad.

De pronto, por mi izquierda, escuché un ruido de ramas rotas. Era el crujido de la maleza al paso de algo.

El corazón aceleró y yo, como única reacción, tragué saliva, aferrado con todas mis fuerzas a la correa de la bolsa de las cámaras.

Giré sobre los talones, apostándome frente a los árboles e intentando en vano perforar con la vista la masa informe de pinos y helechos.

Un segundo y tercer crujidos —esta vez más claros y cercanos— me pusieron al borde del colapso. En décimas de segundo lo pensé todo: «Aquello eran pasos... Pero ¿de qué o de quién?... ¿Era un jabalí?... ¿Estaba ante un cazador o se aproximaba uno de aquellos seres a los que yo invocaba día y noche...?»

De pronto me di cuenta de que me hallaba indefenso. «¿Y si fuera un oso?»

Algunas veces he sentido correr el miedo por mi vientre, pero nunca como en aquella madrugada.

Una ola de sangre me estremeció. «¡Dios mío!»...

«Aquello —lo que fuera— debía de estar al borde mismo del calvero. Y estaba claro que había detectado mi presencia.» (Hasta un topo ciego la hubiera percibido.)

Traté de tranquilizarme. Inspiré profundamente y pensé en algo con qué defenderme. «¡Las cámaras!» Sí, eso podía servir...

Sin perder de vista el bosque fui abriendo la cremallera, tanteando entre las Nikon. Una de ellas seguía armada con un tele corto: un 105 milímetros. Y tomándola por el objetivo, esperé.

Un nuevo entrechocar de ramas fijó mi atención a poco más de diez metros, en la linde del pinar con el claro. El corazón me dio un vuelco. Ante mí, semiconfundida entre la maleza y los troncos, había aparecido una silueta humana. Quedé petrificado. Durante unos segundos interminables nos observamos mutuamente. La luz de la Luna dibujaba inexplicables aristas metálicas en la parte superior de aquel ser. En una reacción casi animal abrí las piernas y me preparé para un posible ataque, asiendo la pesada cámara fotográfica por el teleobjetivo, como si de una maza se tratase.

Con calma, con una seguridad que me descompuso, la sombra avanzó nuevamente hacia mí, deteniéndose al segundo o tercer paso. Instantáneamente, un potente haz de luz partió de la figura, cegándome. Me llevé los brazos al rostro, intentando no perderla de vista.

Fue entonces cuando escuché aquella frase.

—¡Alto! ¿Quién va?

Bajé las manos, confundido ante la inesperada pregunta. La silueta siguió acercándose y entonces comprendí...

¡Ni oso, ni jabalí ni extraterrestre! ¡Aquello era un guardia civil como la copa de un pino!...

En eso, una segunda silueta surgió en el umbral del bosque, en el mismo paraje por donde había desembocado la primera.

—¡Buenas noches! —exclamé con lo poco que me quedaba de voz y fingiendo serenidad.

—¡Buenas noches! —respondió el primer guardia, que seguía apuntándome con su linterna—. ¿Qué hace aquí?...

En un instante comprendí el porqué de los extraños reflejos en la cabeza de la silueta: era el pulcro y brillante tricornio...

—Soy periodista. He venido al Pusilibro por lo de los ovnis...

—¿Me enseña su documentación o el carnet profesional, por favor?

El segundo guardia civil, algo más joven, se había unido a nosotros y le echó un vistazo también a la documentación.

—¿Es usted J. J. Benítez, el que escribe sobre ovnis? —preguntó el último.

Allí estuvo mi salvación. El recién llegado conocía y había leído algunos de mis libros. A partir de ese momento, el ambiente quedó distendido y la pareja guardó sus naturales recelos.

—¿Y qué: ha visto algo? —intervino mi oportunísimo lector, entregándome la documentación.

—Nada —me lamenté, notando que el corazón volvía a

su ser—. Llevo varios días por estos andurriales y no hay forma...

La entrada en escena de una cajetilla de cigarrillos volteó definitivamente la inicial y tensa situación. Y allí continuamos los tres —¿quién lo hubiera dicho?—, charlando animadamente sobre los «platillos volantes» y levantando los ojos a cada dos por tres hacia ese pasado y futuro remotos que los humanos llamamos Vía Láctea.

Al amanecer, al dejar atrás el castillo de Loarre, detuve mi coche en uno de los recovecos del camino y me despedí del Pusilibro con cierta amargura.

«¿De verdad estaba preparado para ese buscado encuentro con los hombres de otros mundos?»

Pero la suerte estaba echada. Me he jurado llegar hasta «ellos», y nada ni nadie me apartará de esta persecución.

Al poner proa al sur en busca de nuevos casos, una ráfaga de optimismo —puede que el último adiós de aquellos bosques— limpió de fracasos mi ánimo y me devolvió las fuerzas.

10

De momento, vamos a dar la primicia. Donde se cuenta cómo el doctor Rivera pilló «in fraganti» a un «humanoide». Por primera vez, que yo sepa, un ginecólogo persigue a un extraterrestre saltarín. No hay mal que por bien no venga. De cómo el médico tropezó con un ovni aterrizado y de cómo lo fotografió en color. Otro documento gráfico que «desaparece» y donde empeño mi palabra para recuperarlo. Como no me gustan los «faroles», ahí va la «Operación Tartaja». El emperador será decapitado al amanecer. Isidoro es mucho Isidoro. Segundo y definitivo asalto a las ruinas de «Baelo Claudia». Pero las aventuras continúan...

He dudado lo mío antes de incluir el presente caso. Y no porque el testigo o el suceso en sí no me ofrezcan garantías, que las tienen y sobradas. Más bien —pienso yo— las vacilaciones cristalizaron al darme cuenta de que, por el momento, había fracasado en la «caza y captura» de la fotografía de un ovni, obtenida por el médico José Juan Rivera en la tarde del 26 de agosto de 1966. ¿Debía aguardar, seguir la labor detectivesca y ofrecer el nuevo encuentro cuando éste hubiera quedado definitivamente aclarado? En este laberinto me he perdido un buen puñado de días hasta que, finalmente, ha ganado esa comezón que roe a todo periodista y que nos impulsa a «dar noticias», como a otros obliga a componer música o a torear.

En el fondo, lanzar esta primicia me compromete. Me obliga —como irá juzgando el lector— a olfatear el rastro de esa maldita diapositiva hasta las puertas de los infiernos, si fuera preciso. (Los «infiernos», en este caso concreto, no son otra cosa que los diferentes servicios de inteligencia que merodean desde 1947 en torno a cualquier suceso ovni de importancia.)

Pero empecemos por donde es justo empezar. Como en el caso de la estación térmica de San Pablo O Buceite, en la garganta de Diego Díaz, y que narro en el segundo tomo de esta serie sobre *Los humanoides*, en el asunto del médico algecireño yo había recibido una primera información que me puso los pelos de punta: J. J. Rivera había tomado una foto a un «humanoide».

Ya puede suponer el lector lo que me demoré en entrar por las luminosas calles de la «isla verde» o Algeciras.

Aquellas prisas, sin embargo, se vieron frenadas por... las «circunstancias». José Juan Rivera es ginecólogo y de gran prestigio, por cierto, a juzgar por las numerosas señoras que acuden a su consulta. Más de dos horas me vi obligado a esperar, bajo el peso de una docena de miradas curiosas, divertidas y desconcertadas de otras tantas embarazadas, antes de que la enfermera me invitara a entrar en el despacho de Rivera en aquella noche del 29 de diciembre de 1980. (Jamás un tímido lo había pasado tan mal...)

José Juan manifestó cierta extrañeza. El médico, que cuenta en la actualidad cuarenta y tres años, no ha mostrado jamás un interés desorbitado por estos temas. Ni siquiera después de aquella inolvidable experiencia en las proximidades de Punta Carnero. Durante diecisiete años (aunque él me reveló lo ocurrido en 1980, sólo ahora, en 1983, sale a la luz pública por primera vez), el «encuentro» de Rivera con el tripulante primero y con la nave después ha sido conocido tan sólo por algunos amigos muy próximos o por su más íntimo círculo familiar.

Sin embargo, en contra de lo que yo mismo pudiera suponer, el médico gaditano no vio inconveniente alguno en que su nombre apareciera respaldando los hechos.

—¿Y por qué tengo que ocultarme —manifestó Rivera con más razón que un santo—, si soy consciente de que lo he visto... y fotografiado?

Gracias a Dios y a los nuevos tiempos que corren, ejemplos como el del doctor algecireño son cada día más frecuentes. También estoy seguro de que los historiadores —allá por los siglos venideros—, quedarán desconcertados, y con razón, ante esos testigos del siglo XX que por nada del mundo («ni por un cuto de oro», que diría mi cuñado Joaquín Otazu, navarro él) dieron su brazo a torcer, exigiendo siempre el más riguroso de los anonimatos. Digo yo que los juzgarán como nosotros al pobre salvaje que ve pasar un helicóptero sobre su selva impenetrable y opta por transmitir el suceso, pero «sin desvelar su identidad»

Pero vayamos al grano. ¿Qué aconteció aquella tarde del

26 de agosto de 1966 a 7 kilómetros de la ciudad de Algeciras, a un tiro de piedra de la isla Cabrita?

—Yo tenía entonces veintiséis años —comenzó el médico—. Me acuerdo muy bien de la fecha, entre otras razones, porque ese mediodía llegó el camión con el instrumental. Entonces vivía en la plaza Alta. Eran mis primeros tiempos como médico.

»A eso de las cuatro o cuatro y media de la tarde, y por puro aburrimiento, me colgué al cuello la cámara fotográfica y me dirigí hacia Punta Carnero. No sé por qué, pero pensé en tirar algunas fotos del estrecho. Y con mi vieja Lambretta salí de Algeciras, siguiendo la carretera del faro. Hacía un calor insoportable. ¡Figúrese, en pleno mes de agosto!...

»Tampoco podría decirle por qué tomé aquella vereda, que arranca a la derecha del camino del faro. Aceleré y la moto respondió a las mil maravillas. Pero, mientras ascendía por aquel repecho, en busca de un punto dominante desde donde poder hacer las fotografías, «algo» me llamó la atención. No sé si le habrá pasado a usted, pero lo que me hizo disminuir la velocidad, hasta parar totalmente, fue el silencio.

»No era lógico. Estábamos en pleno verano, y en esas lomas, a las cuatro y media de aquella sofocante tarde, yo debería de haber seguido oyendo el canto de las chicharras. Detuve la Lambretta, como le digo, y traté de cerciorarme... Sí, no había duda: no se escuchaba el menor ruido. Era como si todo (campos, cielo, mar) hubiera quedado paralizado. No sé cómo explicarle...

»Era un silencio que «atronaba». Podía escucharlo, ¿me comprende?

»Y me asusté. Entonces, sin pensarlo, di la vuelta, dispuesto a regresar a la carretera. Mi reacción fue tan rápida que sorprendí (y me vi sorprendido, claro) a aquel ser.

»Cruzó ante mis narices, a poco más de tres o cuatro metros, de izquierda a derecha y dando grandes zancadas.

»En los primeros segundos pensé que se trataba de un mono, pero comprendí de inmediato que eso era imposible. Aquel individuo corría o saltaba completamente erguido. «¡Qué cosa más rara!», pensé.

»El caso es que tuve una reacción que hoy dudo mucho pudiera repetir: apoyé la moto en un árbol y eché a correr detrás de él. Iba campo a través, dando esos botes o grandes saltos y con los brazos (con unos enormes brazos que le llegaban hasta por debajo de las rodillas) rígidos, como pegados al cuerpo. Todo él era o vestía de negro, con un cráneo muy redondo, tipo negroide.

»Supongo que podía llevarme una ventaja de unos quince metros cuando, después de varios minutos de frenética persecución, el ser desapareció de mi vista. No sé cómo lo hizo. Quizá se ocultó entre unos árboles cercanos.

»Al perderle, me detuve. Reconozco que en esos instantes entró en juego mi capacidad de reflexión y experimenté cierto recelo. ¿Debía aventurarme en el bosquecillo? ¿Y si me atacaba?

»Por si las moscas, di un pequeño rodeo, evitando así la arboleda. Al llegar frente a una pequeña vaguada, a unos ocho o doce metros, me sorprendió ver en el fondo una extraña máquina, muy pegada al borde de la hondonada.

»Era ovoide, de unos quince metros de longitud y gris, sin brillo. ¿Usted se acuerda de aquellos «Dauffines»? Pues del mismo color.

»Me llevé la máquina a los ojos y disparé. En ese momento, el miedo había empezado a apoderarse de mí y corrí como un gamo en busca de la moto. Monté sin mirar siquiera hacia atrás y me comí casi la estrecha vereda. No paré hasta llegar a mi casa.

»Supuse que aquella nave tendría que despegar. Así que me planté en la ventana y esperé. Eran las cinco y media de la tarde, según el reloj de la plaza. Pero, aunque seguí allí hasta el anochecer, no observé objeto alguno.

Éste, muy sintetizado, es el relato del doctor José Juan Rivera. He tenido la fortuna de verle en diversas ocasiones y jamás le pillé en contradicción alguna. Lógicamente, y como médico, su testimonio resulta sumamente valioso, sobre todo en lo que a la descripción anatómica de aquel ser se refiere. Veamos algunos retazos de las múltiples conversaciones que he sostenido con el médico sobre este particular:

—¿Por qué dice que en un primer momento le confundió con un simio?

—Por su aspecto, negro como un tizón y de corta estatura: alrededor de un metro y medio. Al seguirle con la mirada (erguido como un mástil) me di cuenta que no era un mono, ni muchísimo menos.

—Descríbame su cabeza.
—Redonda como un balón. No le vi pelo.
—¿Y qué me dice de las facciones?
—No le puedo precisar. Pasó ante mí como una exhalación... Sólo lo tuve de cara durante décimas de segundo. Después, siempre me dio la espalda.
—¿Articulaba las rodillas?
—Sí y con unos saltos increíbles. Los brazos, en cambio, como creo que le he comentado en alguna otra oportunidad, no acusaban el lógico balanceo de toda carrera. Los vi rígidos y como pegados a los costados. Por cierto, ¡eran enormes!
—¿Podría precisar un poco más?
—Le llegaban por debajo de las rodillas.
—¿Notó alguna otra desproporción?
—Aparte el cráneo, parecido al de los negros, y los brazos, estimo que no. Sus piernas guardaban una proporción correcta respecto al tronco.
—Dice usted que no le vio pelo en la cabeza.
—Así es.
—En cambio, su color o aspecto exterior era oscuro. ¿Podía tratarse de pelo?
—Lo dudo. Me inclino más bien a sospechar que era algún tipo de traje o vestimenta.
—¿Parecida a qué?
—Lo siento, no sabría cómo explicarle. ¡Fue todo tan rápido!
—¿Sería capaz de asociar ese negro de la supuesta ropa con algo conocido?
—Posiblemente, con el luto.
—¿Hizo algún ruido?
—Muy suave... Como si rozara el suelo. Debo decirle que en aquella época, la tierra aparecía cubierta de hojas secas. Es posible que ese sonido se debiera al contacto de sus pies con la hojarasca.
—Dice que desapareció al penetrar en el bosquecillo.
—Al menos allí le perdí de vista.
—¿Se fijó si sorteaba bien los árboles?
—Perfectamente. Los quiebros eran impecables.
—¿Diría usted que sus movimientos eran semejantes a los de un ser humano?
—No le comprendo...
—Supongo que ha visto a nuestros astronautas en el

espacio o en la superficie de la Luna. ¿Se movía así, con esa misma lentitud?

—No. Había una indudable agilidad en sus saltos, aunque sí le diré que observé algo raro: como si la gravedad no fuera con él.

—Imagino que es difícil responder a esta pregunta, pero, al tenerle enfrente, ¿captó usted algún tipo de reacción en aquel ser? Por ejemplo: agresividad, pánico...

—Le comprendo. Yo diría que me di la vuelta con tanta rapidez que le desconcerté. Por la velocidad que traía, imagino que ya se había enterado de mi presencia e intentaba llegar hasta los árboles aprovechando que yo me encontraba aún de espaldas. Pero, al girar con la moto, le pillé *in fraganti.* Si es que podemos darle ese nombre, su reacción en esos instantes fue de susto. Ahora que lo pienso, él debió de asustarse tanto como yo...

—O sea, que él le vio a usted.

—Sin remedio.

—Le rogaría, doctor, que meditara su contestación antes de responder. ¿Cómo calificaría lo que vio: como un animal o como un ser humano?

—Como una persona, aunque muy extraña —añadió en el acto.

—¿Ajena a las razas que conoce?

—A todas.

—¿Por qué le persiguió?

—No lo sé muy bien... Tuve, eso sí, una curiosa sensación...

—¿Cuál?

—Me pareció que podía ayudarle.

En dos de aquellas entrevistas le pedí a J. J. Rivera que dibujara el objeto que vio y fotografió en tierra. El hombre le echó voluntad y, después de varios intentos, me entregó un esquema, que incluyo en estas mismas páginas.

El médico, excusándose por lo austero del garabato, comentó que lo ideal habría sido ver la fotografía en color y dejarse de tantas palabras. Pero la dichosa diapositiva —como pasaré a explicar a continuación— desapareció misteriosamente, allá por el año 1978.

Así que no tuve más remedio que insistir cerca del testigo, reconstruyendo provisionalmente la forma y peculiaridades del ovni.

—Como le dije —apuntó Rivera hacia el dibujo—, aquel vehículo tendría unos quince metros de longitud. Era ovoide y con la parte trasera cerrada, rectangular y con estrías. En una de las bandas había una línea más oscura. En su parte delantera (en la proa, para que nos entendamos) observé una moldura, que interpreté como el «puente de mando». No aprecié movimiento alguno. Estaba claramente posada en tierra y en total silencio.

Una de las preguntas obligadas fue si, después de perseguir al «humanoide» y contemplar el ovni, él asociaba a ambos. La contestación fue positiva:

—No tengo ninguna duda. Aquel ser corría hacia el objeto. Lo que ya no sé es si le dio tiempo a entrar antes de que yo me asomara a la vaguada y fotografiara la nave. Por lógica, teniendo en cuenta que yo di un rodeo, sí pudo hacerlo.

En aquella ocasión, el joven Rivera había colgado de su cuello una cámara nueva: una Regular L, con 2.8 de luminosidad y un objetivo de 55 milímetros. En su interior había sido depositado un rollo de diapositivas marca Agfa.

Y entramos ya en el capítulo más irritante y enigmático del presente suceso: ¿qué suerte corrió la preciada fotografía en color?

Al preguntarle al ginecólogo si la calidad técnica de la misma era buena, José Juan sonrió con ironía...

—Era superior. Me gusta la fotografía y procuro practicarla. Las condiciones, además, eran inmejorables: verano, una tarde soleada y magnífica y un objeto inmóvil y a corta distancia. No podía fallar. Y no fallé. La diapositiva —que estuvo olvidada en ese carrusel la friolera de doce años— era sensacional.

—¿Cómo desapareció?

—Yo apenas si había comentado aquel suceso con mi mujer, con algunos familiares y con unos pocos amigos. Total: que en 1978, en un congreso celebrado en Málaga, salió el tema y comenté lo de la foto. Entonces, un colega catalán se interesó mucho por la citada diapositiva y yo se la presté. Después se la he reclamado en varias ocasiones, pero no hay forma de que me la devuelva. Ha llegado a decirme por teléfono que le deje en paz, que no se acuerda de nada...

—¿Cuántas personas han visto esa imagen?

—Unas cuantas...

—Supongo que no hizo copias...
—Supone bien. Ahora me arrepiento.

Si he cortado aquí, abruptamente, el caso del médico gaditano ha sido porque —como ya anuncié en las primeras líneas del presente capítulo—, hasta hoy, y a pesar de mis intensas indagaciones, no he tenido acceso al importante documento gráfico. Prefiero silenciar ahora esas «maniobras» policíacas que vengo desplegando en torno a la figura del refractario galeno catalán, en beneficio —como dicen los policías profesionales— «del éxito final de las investigaciones». (Estoy seguro de que el lector, a estas alturas del viaje, me comprende divinamente.)

De una cosa puede estar seguro quien lea este primer volumen sobre *Los humanoides*: como dije, llegaré si es menester hasta las mismísimas puertas de los «infiernos», sean rusos o norteamericanos... Tenga el lector la seguridad de que la diapositiva será restituida a su legítimo propietario, si es que no ha sido destruida.

Y como no me gusta marcarme faroles —bien lo sabe Dios—, quiero contar uno de los enredos en que me vi envuelto cinco meses antes de conocer al ginecólogo. Aunque el negocio, en este caso, nada tiene que ver con mis endiabladas persecuciones, estimo que el amigo lector sabrá deducir si —a la vista de cuanto padecí en aquella madrugada—, voy o no por buen camino a la hora de afirmar tan rotundamente que me haré con la diapositiva del ovni aterrizado en Punta Carnero...

Esta nueva aventura, que a punto estuvo de costarme la salud, quizá proporcione a quienes no me conocen una idea bastante aproximada de mi tenacidad (¿o debería llamarla locura?). Y para respetar al máximo los hechos, y no caer en la tentación de novelar, me limitaré a transcribir lo que —a los pocos minutos y todavía en caliente— anoté en mi «diario de campo», mientras pujaba por hacer desaparecer de mi rostro aquella condenada capa de betún.

Un ser de corta estatura, cráneo tipo negroide y largos brazos, cruzó ante el médico, corriendo a grandes saltos.

El doctor Rivera hizo el siguiente esquema de la nave que vio y fotografió en Punta Carnero en agosto de 1966.

EL DESAFÍO DEL EMPERADOR

«¿Qué hacía yo a las cinco de la madrugada de aquel 8 de julio de 1980, agazapado como un conejo, en mitad de las ruinas de la ciudad romana de *Baelo Claudia*, en Bolonia (Cádiz)?»

Debería de haber aguardado la llegada de Alberto Torregrosa.[1] Él sabe mucho más que yo de fotografía. Y es que no lo puedo remediar: la curiosidad me consume.

Si mis precarios conocimientos astronómicos no fallaban, el sol apuntaría tras la sierra de la Plata en un par de horas. No tenía más remedio que comerme los puños y esperar...

Me acomodé lo mejor que pude. Aquel chozo de troncos, levantado por los arqueólogos de la fundación franco-española la Casa de Velázquez, era una trinchera aceptable. No es que estuviera a punto de iniciar un asalto, pero casi.

Aquel embrollo nació en la panadería de Juanito, más conocido por *el Castañas*, vecino y mejor alcalde de La Zarzuela, un respiro blanco en la carretera que le conduce a uno desde Zahara de los Atunes a la venta de Retín. El día anterior, tras una provechosa recolección de caracoles «murgatos» en los espinosos cardos del Cortijo del Moro, mis amigos Castillo, Miguel (el de «la Caravinera») y servidor tuvimos la feliz (?) idea de detenernos en la no menos luminosa aldea de El Almarchal, de sobrada fama por su pan oscuro y apretado. Es dogma para Castillo —y de esto sabe un rato— que unos caracoles en salsa picante, debidamente amparados por sendas rebanadas de pan moreno, llegan a alegrar el espíritu humano hasta extremos poco conocidos. Y mucho más, claro, si el festín resulta debidamente regado con cualquiera de las cosechas de Chiclana.

Pero la fortuna o la mano de la Providencia —que uno nunca sabe cómo acertar— quiso que aquella mañana del

1. Alberto Torregrosa, viejo camarada en las faenas periodísticas (que cada quisque interprete lo de «faenas» como mejor le convenga) y excelente fotógrafo, se dejó caer por aquellas fechas en Cádiz y juntos emprendimos una inolvidable y sugestiva serie de reportajes por las cumbres y litorales gaditanos.

6 de julio se hubiera agotado el pan en El Almarchal. Y más preocupada que otra cosa, la expedición hizo un último sondeo en el horno del *Castañas*.

Allí, además de varias hogazas, el alcalde nos proporcionó una noticia:

—Y usted que tanto investiga —comentó el buen hombre—, ¿es que no se ha enterado del descubrimiento de Bolonia?

Castillo, Miguel y yo nos miramos sin terminar de comprender.

—Los franceses —prosiguió el alcalde de La Zarzuela— han desenterrado una estatua de tres metros. Dicen que se trata del emperador Claudio... El tartaja de la «tele»...

Y en el umbral del horno supimos también que el hallazgo había sido mantenido en el más riguroso secreto y que —de hacer caso a los rumores de los parroquianos— la valiosa pieza de mármol blanco podría «desaparecer» misteriosamente, para «aparecer» algún tiempo después en París, por poner un ejemplo...

Al día siguiente —sin encomendarme ni a Dios ni al diablo— puse rumbo a Aldea de Bolonia, en el término municipal de Tarifa. Si los arqueólogos galos habían rescatado del subsuelo de la antigua *Baelo Claudia* tan monumental figura, el país entero tendría cumplida noticia del rescate. Y una vez en conocimiento de las autoridades competentes, de los medios de comunicación y de los gaditanos, ¿quién osaría llevarse semejante tesoro?

Si la estatua del romano seguía allí, yo me encargaría de levantar la liebre...

Hacía varios años que no me adentraba a los pies de la Silla del Papa, por la pista, ahora asfaltada, que culebrea desde la carretera general Cádiz-Algeciras hasta la ensenada donde sestea por los siglos de los siglos la que un día fue la ciudad favorita del emperador Claudio. No tuve conocimiento de este importante hallazgo arqueológico hasta que en 1974, siguiendo el rastro de otro caso ovni,[2] al salir de una de las curvas, me di de narices con las columnas y el enlosado foro de la urbe y cabeza de partido que fundara Augusto hace dos mil años y que

2. Este caso, con las fotos del ovni, es narrado en mi libro *Terror en la Luna*, segundo tomo de la trilogía sobre 1 000 fotos de ovnis en todo el mundo desde 1883 a 1980 (4.ª edición: 20 000 ejemplares vendidos).

—para que luego digan— surtía de atún y aceite a los patricios de la lejana Roma.

Cuando irrumpí en las ruinas, algunos de los trabajadores que forman la cuadrilla de excavación, a las órdenes de los franceses, levantaron la vista, desconcertados por la súbita presencia de aquel turista que, cámaras fotográficas en ristre, disparaba sin respiro ni indulgencia. Prudentemente, sin embargo, ninguno dijo nada.

No había avanzado ni veinte pasos entre los bloques y pasillos de *Baelo Claudia* cuando, en mitad de la vieja carretera que atravesaba antaño la aldea de Bolonia y que ahora ha sido destripada por los arqueólogos, surgió ante mí una estatua gigantesca. La mole, de mármol blanco, ofrecía sus anchas espaldas de molinero a las cuatro casas de la aldea y a la indolente ensenada que parece huida del Atlántico.

El Castañas no se había equivocado. Aquélla tenía que ser la gran figura del «tartaja». Y yo me hallaba a diez pasos...

A corta distancia, como digo, una veintena de operarios y arqueólogos se afanaban entre los proyectos de calles, casas y palacios, midiendo y removiendo en un silencio reverencial.

Por esos milagros del dinero —en este caso francés—, la excavación había prosperado lo suyo. Ya estaban al descubierto la casi totalidad del foro, buena parte del palacio de justicia, el anfiteatro y todo un racimo de callejuelas. Y ahora, para general contento, los hombres de la fundación habían desenterrado —milagrosamente intacta— la efigie de uno de los «dioses» que llegaron a gobernar el mundo.

—¿Qué hace usted aquí?...

La pregunta —cargada de dinamita— procedía de Isidoro, guarda oficial de las ruinas. El hombre, con un elogiable celo profesional, me había cortado el paso hacia la estatua. Y con truenos más que con palabras, sentenció:

—Las visitas a la zona arqueológica empiezan a las cuatro de la tarde... Lo siento, pero no puede permanecer aquí...

—Soy periodista y quería...

—Sin un permiso oficial no hay nada que hacer.

Después de treinta y dos años como guarda en *Baelo*

Claudia, Isidoro Otero Rodríguez se las sabía casi todas. Así que no me permitió siquiera tocar la cámara.

—Oiga —comenté al tiempo que señalaba la figura de mármol—: ¿esa estatua es nueva? El año pasado no estaba ahí...

—Sí —cedió Isidoro, que es hombre a quien le satisface hablar de su trabajo—, ha sido descubierta esta misma semana. Dicen que se trata del emperador Claudio. Es una pieza única en el mundo...

Con una forzada sonrisa, el guarda me indicó la cancela de acceso a la zona y que yo, olímpicamente, había dejado atrás y no precisamente con el único afán de pasearme...

«Otra vez será», me dije al perderme entre las casitas de la aldea. De momento era obligado un «reconocimiento» del terreno. Si fallaba en el segundo «asalto», en el programado para esa misma tarde, habría que pensar en una «táctica» más eficaz... Estaba dispuesto a fotografiar aquella estatua romana y nada en el mundo me lo impediría. La oposición de Isidoro, lejos de desanimarme, había destapado en mí el tarro de la impaciencia. Y eso, a veces, puede transformarme...

Pero el meticuloso examen del recinto arqueológico sólo contribuyó a irritarme. De momento, la Casa de Velázquez había cercado el lugar con una poderosa alambrada. La estatua se hallaba lo suficientemente retirada como para hacer inútil el uso de un angular. Porque ése era mi propósito. Nada de teleobjetivos. Aquel autodesafío incluía no sólo llegar hasta el pedestal de Claudio, sino, además, fotografiarlo con un 24 milímetros. En otras palabras: a un metro del mármol. Suponiendo que hubiera podido aproximarme con las cámaras hasta el punto de la alambrada más cercano a la estatua, la distancia a la misma habría sido de unos 15 o 20 metros... Y dado que dicha aproximación tenía que hacerse con luz, era casi seguro que el guarda o cualquiera de los arqueólogos me hubiera echado los perros. El panorama, en fin, por la vertiente sur de la zona de excavación —la que limita con la aldea— era francamente oscuro. Para colmo, como digo, desde aquella parte, el amigo Claudio me ofrecía sus espaldas...

Sólo había una débil posibilidad. Rodear el recinto arqueológico por el cercado norte e intentar encontrar un paso, o saltar los espinos de alambre, y descender la suave colina cuya ladera muere precisamente en el «corazón» de la ciudad romana. Desde lo alto del cabezo —a unos 150 metros del lugar donde se levantaba la estatua de Claudio— podría dominar la totalidad de los trabajos y todos y cada uno de los movimientos de los arqueólogos, peones y, sobre todo, del fiel Isidoro.

Antes de regresar a Barbate, mi «cuartel general» en aquellas fechas, observé con alarma la extrema proximidad del cuartelillo de la Guardia Civil de Bolonia a la referida alambrada sur. Tan sólo los cuatro metros de asfalto de la antigua carretera separaban la encalada fachada de la Benemérita del punto al que yo debía llegar.

Por falta de obstáculos no podía quejarme...

A Castillo le brillaron los ojos cuando le propuse acudir aquella misma tarde del 7 de julio hasta las ruinas de Bolonia.

La noticia estaba confirmada: la estatua de Claudio era una realidad. Y a pesar de haber sido descubierta a principios de mes, el gozoso hecho no había saltado todavía a las páginas de los periódicos.

«Razón de más —pensé— para sacar el tema a flote..., con fotos incluidas. Una vez alertada la opinión pública, ni los franceses ni "María Castaña", se atreverían a expoliarnos al viejo Claudio...»

Y mire usted por dónde me sentí como el bandolero generoso. Deben ser cosas de la juventud...

A las seis de la tarde, Isidoro accedió a mostrarnos las ruinas. Pero al trasponer la alambrada el corazón me dio un salto. Señalé a Castillo la estatua. Nos miramos decepcionados. Alguien la había cubierto con varias mantas.

—¿Qué ha pasado con Claudio? —pregunté al guarda sin poder contener mi desencanto—. Quería que mi amigo la hubiera visto...

Isidoro siguió caminando lentamente sobre las grandes losas del foro. Parecía no haberme escuchado. En realidad me había oído perfectamente. Y volviéndose, se detuvo, a la par que se quitaba la mascota gris. Tocó entonces mi Nikkormat con el ala de su sombrero y sentenció sin perder la sonrisa de viejo zorro:

—Es que está prohibido hacer fotografías...

A partir de aquel instante, la visita a *Baelo Claudia*

perdió, al menos para mí, todo interés. Si seguí las explicaciones de Isidoro en torno a los capiteles del palacio de justicia, a los hallazgos en el anfiteatro, a la fuente pública o a la lápida mortuoria encontrada junto al foro, fue por puro compromiso y porque —ésa es la verdad— aquel lento recorrido por el interior de la zona arqueológica podía proporcionarme un más exacto conocimiento del terreno. Tal y como sospechaba, únicamente deslizándome desde lo alto de la colina que limita el recinto por su cara norte podría albergar alguna posibilidad de éxito. Pero, en el caso de intentarlo, ¿cuál era el momento oportuno?

—¿Cuántas personas trabajan actualmente en la excavación? —intenté sonsacar al guarda, que ya nos había tomado cierta confianza.

—Alrededor de veinte, contando arqueólogos y peones.

—No está mal... Pero el trabajo es duro... ¿A qué hora empiezan?

—A las ocho de la mañana. Estos franceses son muy puntuales.

—También es triste que tengan que venir los extranjeros a excavar en nuestro suelo, ¿no le parece?

Isidoro se encogió de hombros. Una hora más tarde deshacíamos el camino, dando por concluida la visita. Pero antes, el propio Isidoro, compadecido ante nuestra clara desilusión por no haber contemplado la estatua del romano, nos condujo hasta el pie mismo de la grandiosa talla. Las mantas habían sido unidas entre sí mediante cuerdas, formando un grosero pero eficaz capuchón.

—¿Se sabe su peso?

—Unos tres mil kilos y tres metros de altura...

Mi intención, además de obtener información, era ganar tiempo. Tiempo para fotografiar mentalmente la orientación de la estatua, así como los diferentes obstáculos que se levantaban en aquella parcela de la excavación. Todo era importante.

Por un momento, mientras el guarda se deshacía en explicaciones históricas respecto a la antigüedad, tentado estuve de arrancar las mantas de un golpe y fusilar la talla... Pero me contuve. No era el momento. Además, hubiera colocado a mi buen amigo Castillo en una delicada situación. Era preferible esperar. Pero ¿hasta cuándo?

Aquella «operación» debería rematarla en solitario. Los riesgos, una vez más, eran cosa mía.

El doctor J. J. Rivera, en su despacho de la ciudad de Algeciras.
Un testigo excepcional que ha visto al ocupante de un ovni
y que llegó a fotografiar una de estas naves.

El faro de Punta Carnero. En sus proximidades se produjo
el encuentro del doctor Rivera con un "humanoide" y su nave.

Al estrechar su mano dirigí una última mirada a la estatua. Fue entonces cuando caí en la cuenta de un detalle que iba a echar por tierra mis planes.

Al pie mismo del gigante de mármol, y al socaire de uno de los grandes bloques semienterrados, Isidoro había dispuesto un silla playera. Y junto a ésta, otra manta.

O mucho me equivocaba o el guarda...

—Pero, Isidoro —fingí en tono festivo, señalando la insólita «hamaca»—, ¿esto también pertenece a la época romana?

—No, eso es de un servidor. Es que no me fío... Desde que fue descubierta la estatua duermo ahí...

No supe qué decir. Si el guarda velaba día y noche, cualquier intento para llegar hasta Claudio me pareció ridículo. Aquél, sinceramente, fue uno de los peores instantes de la «Operación Tartaja». A punto estuve de abandonar y mandar al cuerno a la estatua, a la Casa de Velázquez y a los franceses.

—¡Ya! —balbucí—. ¿Y le pagan por eso?

—No, señor —adelantó el guarda con cierta satisfacción—. Es que me gusta mi profesión y ésta es una pieza muy valiosa...

—Sí, ya sé... Es única.

Isidoro cerró la puerta de hierro del recinto y aseguró el grueso candado. Yo estaba tan confundido y desmoralizado que me dejé llevar por Castillo y por su oportuna invitación. Sin saber cómo, terminamos en el bar propiedad del guarda. Fue allí, mientras apurábamos un quinto de cerveza, cuando vi a Isidoro en la cocina del sencillo establecimiento, dispuesto a dar buena cuenta de lo que supuse se trataba de su cena. Y una frágil esperanza aleteó sobre mi cerebro.

«Si me daba prisa, aquél podía ser el momento...»

Saqué a Castillo del bar y saltamos sobre el coche, dispuestos a rodear la zona arqueológica. Era probable que el amigo Isidoro dedicara media hora, por lo menos, a su refrigerio.

Tras abandonar el aparcamiento dispuesto junto a las ruinas, nos alejamos de Bolonia, dispuestos a tomar la desviación existente junto al poblado denominado El Lentiscal, a poco más de 300 metros de la mismísima zona arqueológica. Aquella pista de zahorra conduce a una escondida batería de costa, todavía en activo, a la que me había asomado en otras oportunidades, siempre en mi permanente alerta tras los «no identificados».

Sabía que el camino en cuestión se deslizaba justamente a espaldas de la breve colina que domina el conjunto excavado hasta hoy. Con un pellizco de suerte podríamos penetrar en el recinto...

Tras una primera observación, camuflados en lo alto del cerro, entre espinos y carrascas, Castillo señaló a mi derecha. A escasa distancia se adivinaba parte del anfiteatro. Desde allí a la estatua apenas si contabilicé 80 metros. Era, por supuesto, el trampolín ideal para «dar el salto» hasta el viejo Claudio. Los 80 metros discurren en una sutil pendiente, fácil de salvar por supuesto, aunque con un inconveniente: el terreno, limpio de zarzas y maleza, se presentaba totalmente abierto, sin ruinas, bloques o materiales propios de la obra de excavación. El avance por la ladera, a plena luz del día, me hubiera convertido en un blanco seguro para las miradas de los vecinos de Bolonia, de la Guardia Civil —cuya casa cuartel se distinguía nítidamente por detrás de la estatua—, y no digamos de los arqueólogos y del sabueso llamado Isidoro...

Pero había que jugársela. En un segundo intento, Castillo y yo nos arrastramos hasta la parte posterior del anfiteatro. Todo estaba en silencio. Solitario...

Allí, a media docena de pasos de los bloques medio devorados por los siglos, descubrimos una pequeña choza de troncos y paja, que servía de refugio y taller a los arqueólogos que trabajaban en dicha zona. La mole de mármol —más cerca ahora— seguía oculta bajo las mantas. Mentalmente, mientras ajustaba el angular en la cámara fotográfica, calculé el tiempo que habíamos consumido desde que salimos del bar donde cenaba Isidoro. Quizá quince minutos...

Tenía que apresurarme. A la carrera —y puesto que no me quedaba otra alternativa— podía salvar aquellos 80 metros en cuestión de segundos. El problema más espinoso era tirar del «capuchón». Aunque algunos de los cubos de piedra desparramados junto a Claudio podrían servirme para alcanzar mejor la parte superior de las mantas, ¿cómo podía estar seguro de «desnudar» al tartaja al primer intento? A decir verdad, allí no había nada seguro. Y mucho menos si seguía dejando escapar los minutos...

Así que, tras indicar a Castillo que esperase junto a la

cabaña, me puse en pie de un salto e inicié una veloz carrera, manteniendo el tronco ligeramente encorvado, con el fin de ofrecer la menor superficie posible en aquel enloquecido descenso hacia el centro de las ruinas.

Dudo que en condiciones normales hubiera podido resistir aquel «aterrizaje forzoso».

Pero aquélla, naturalmente, no era una situación habitual.

Cuando apenas había recorrido diez pasos, la sombra de Isidoro, tratando de abrir la cancela de hierro, bloqueó mis músculos. En una fracción de segundo me lancé al suelo, protegiendo la Nikkormat entre los brazos y vientre.

«¡Maldita sea...!»

El guarda había regresado antes de lo previsto...

Sólo cabía una salida: retroceder inmediatamente y sin ser visto. Si Isidoro me descubría en mitad de la ladera, en pleno recinto arqueológico, mi situación podía resultar penosa.

Me pegué al terreno, tal y como recordaba de los ya lejanos días de entrenamiento en la compañía de Fuerzas Especiales de Infantería del CIR número 10 de Zaragoza —donde había prestado mi servicio militar—, y apoyándome en los codos y rodillas repté hacia atrás, ladera arriba y sin perderle la cara al inoportuno guarda. Isidoro había cruzado la alambrada y manipulaba en la cerradura, cerrando tras de sí el pesado enrejado.

Fue en aquella crítica situación cuando me percaté de mi atuendo: unos vaqueros descoloridos y —¡oh, fatalidad!— una camiseta del más rabioso color naranja que pueda imaginarse...

El guarda se encaminó hacia su improvisado lecho junto a la estatua del emperador. Me detuve, conteniendo la respiración y aplastándome como un reptil entre las escasas hierbas de la ladera. El polvo había cubierto el objetivo y mis brazos presentaban ya abundantes arañazos.

«Unos pasos más y estaré a salvo... ¡Vamos, Isidoro!... ¡Desaparece unos segundos...!»

El guarda se inclinó sobre la silla de playa y tomó la manta, sacudiéndola. Después, dirigiéndose a la efigie, tiró del «capuchón», descubriendo al «tartaja».

La sangre me bloqueó el pecho cuando, de pronto, me

vi arrastrado por los tobillos. Unas manos de hierro tiraban de mí hacia la pared de la cabaña.

Castillo, alerta como un halcón, había aprovechado la delicada maniobra de despojar al romano de su camuflaje para sacarme de aquel atolladero.

Y apoyado en los troncos de la choza traté de calmarme.

El intento había fallado, pero aún faltaban muchas horas para el amanecer.

La suerte estaba echada. Mientras retornábamos a Barbate me hice un firme propósito: aquella misma noche volvería a Bolonia. Esas fotografías serían mías antes de las ocho de la mañana del día siguiente...

El implacable marcaje del guarda oficial de las ruinas, lejos de desinflar mi voluntad, había encendido mi coraje como pocas veces.

Ya no me importaba la estatua. Ni siquiera dar a conocer la noticia. Era algo más. Se trataba de mi orgullo profesional, herido como en los mejores tiempos del periodismo de «calle».

«O el guarda o yo», me repetía sin cesar.

Castillo debió adivinar mis pensamientos, pero respetó mi prolongado silencio. Poco me faltó para pedirle que me acompañara. Si no lo hice fue porque valoré el desafío como algo personal.

No sabía cómo, pero conseguiría mi propósito.

Esa noche, al concluir la cena, revisé el equipo fotográfico. Por suerte, ni el 24 milímetros ni la caja de la Nikkormat habían sufrido en exceso. El polvo, eso sí, había rayado parte del filtro ultravioleta que protege la lente. Sustituí el resto de las cámaras por unos prismáticos de 10 × 50, cambiando mi atuendo por ropas oscuras. E incluí en el equipo una caja de betún negro.

A las tres y media de esa madrugada rodaba ya lentamente por las solitarias campiñas de Zahara, rumbo a la carretera general.

Por más que me esforzaba, el cerebro parecía dormido. ¿Qué haría una vez en el interior del recinto arqueológico? Necesitaba pensar...

Al girar hacia la pista que conduce a Aldea de Bolonia, el nerviosismo creció. Detuve el coche unos segundos y

comprobé el reloj a la luz de la luna: las cuatro y cuarto...
Crucé el pequeño puerto sin mayores dificultades y en de Bolonia— apagué las luces del «124». No debía levantar la última curva —antes de enfilar la recta del Lentiscal y la menor sospecha. Si Isidoro seguía junto a Claudio, durmiendo al raso, los faros del coche podrían alertarle. Era mejor cubrir el kilómetro escaso de pista militar, lenta y prudentemente. Tenía tiempo.

«Si la Guardia Civil o los soldados de la batería me descubren circulando de esta forma me meteré en un buen lío...»

Pero esa noche estaba dispuesto a todo. Aquel desafío, aquel riesgo por unas simples fotografías de una estatua me hacían temblar de emoción.

Cuando consideré que me hallaba a espaldas del anfiteatro romano, giré en redondo y aparqué el vehículo en una pequeña explanada, justo en el nacimiento de la ladera que debía salvar para llegar a la cabaña de los arqueólogos. En una última precaución —y por si me veía en la necesidad de abandonar el lugar a toda prisa, cosa muy probable...— dispuse el coche de forma que la entrada en la pista fuera fácil e inmediata.

«Las cinco menos cuarto de la madrugada.»

La oscuridad y el silencio reinaban en la vaguada donde maquinaba mi plan.

Abrí la pequeña lata circular de betún negro y extraje una abundante porción. Como pude, a la frágil luz del mechero, fui embadurnándome el rostro...

Al contemplarme en el espejo retrovisor no pude contener la risa.

«¿No exageras un poco?... ¿Se trata de dinamitar o de fotografiar a Claudio?»

No lo pensé más. Tomé la Nikkormat y salí del coche, dispuesto a ascender por la cara norte de la colina.

La soledad era absoluta. Presté atención a los ruidos del campo y empecé a sortear los punzantes espinos que cubren el repecho.

Al llegar al chozo, mis pulsaciones se habían disparado.

En cuclillas, amparado en las tinieblas, dediqué varios minutos a una profunda exploración visual del terreno. Necesitaba acostumbrar mi vista a aquella oscuridad. Y, sobre todo, necesitaba saber si Isidoro seguía allí, al pie de la estatua. Desde mi escondrijo, sin embargo, este menester iba a resultar poco menos que inviable. Los grandes bloques de piedra ocultaban la silla y al guarda, suponiendo que siguiera allí.

«Las cinco de la madrugada.»

Pero ¿qué diablos hacía yo en mitad de aquellas ruinas, agazapado como un conejo?

La luz del alba llegaría poco más o menos hacia las siete. Tenía, por tanto, dos horas para situarme lo más cerca posible del «tartaja». Mi plan, en realidad, era sencillo. De momento trataría de llegar hasta Claudio, comprobando si el viejo guarda dormitaba a sus pies.

En una segunda fase, suponiendo que no me hubieran descubierto para entonces, me lanzaría sobre la estatua antes de que Isidoro despertase...

A simple vista, la cosa parecía fácil.

Anudé la correa de la cámara fotográfica a mi mano derecha y la sujeté por el objetivo, de tal forma que la lente quedara siempre mirando al cielo. De esta forma, al arrastrarme, se vería a salvo de golpes y polvo.

Y lentamente, muy lentamente, empecé a reptar hacia aquella mole blanca que se levantaba a ochenta lejanos, casi infinitos, metros...

Los primeros minutos fueron fáciles. Sólo mi corazón retumbaba como un tambor.

Las manchas de betún habían tensado mi piel, pero yo era incapaz de sentir el menor dolor.

«¡Adelante!... —me animaba sin cesar—. ¡Un poco más!... ¡Más...!

»¡Uno, dos, tres, cuatro..., cinco, seis, siete!... Bien, ¡alto! Descansa.»

Aquel sistema —contabilizar siete pequeños saltos sobre los codos, suspendiendo el avance durante unos segundos— me permitía una mejor respiración y, en consecuencia, un ahorro de energías.

Con la cara pegada a la hierba, húmeda ya por el rocío, consulté nuevamente el reloj.

«Las cinco y media...»

«¡Vamos allá!... ¡Uno, dos, tres, cuatro, cinco, seis y siete!»

Fui aproximándome palmo a palmo. El silencio seguía siendo denso, propio de aquellas altas horas de la madrugada. Evidentemente, la aldea dormía. De pronto, un pensamiento me erizó el cabello:

«¿Y los perros?...»

La verdad es que no recordaba haberlos visto por la zona. Ni siquiera los había escuchado... A pesar de ello, un miedo rugoso como el sarmiento me hizo chasquear la lengua.

Paralizado sobre la ladera traté de dominarme. En caso de ataque por alguno de los perros estaba indefenso.

«Bien, tranquilo... Tienes la cámara fotográfica. Un golpe con la Nikkormat puede ser mortal.»

Pero aquellas reflexiones no terminaban de tranquilizarme. Y aceleré la aproximación hacia la estatua.

Al tocar el primer bloque de piedra contuve la respiración. Milímetro a milímetro fui incorporándome hasta quedar en cuclillas. Claudio, empapado por el relente, reflejaba los rayos lunares.

«Ahí lo tengo. Con un poco de suerte...»

La estatua se erguía a 10 metros. Pero mis preocupaciones no habían concluido. Al contrario. Era muy posible que allí mismo, detrás de aquellas ruinas, estuviera Isidoro...

Había llegado el momento culminante.

«Las seis.»

El sol debía de encontrarse a una hora de Bolonia. Consulté el perfil de la Silla del Papa. Seguía negro. Era menester esperar a que el alba se asomara entre la montaña y el faro de la Paloma. No entraba en mis cálculos utilizar el flash. En aquella oscuridad, y con el guarda —suponía yo— vigilando junto a la estatua, hubiera cantado mi presencia.

Tenía una hora para improvisar mi definitivo «encuentro» con la efigie del tío y sucesor de Calígula.

«Las seis y quince.»

Aquellos minutos fueron los más tensos. Hecho un ovillo tras los cubos de piedra, todo mi afán era detectar la posible presencia del cancerbero. Pero los sillares y demás bloques, repartidos anárquicamente, tapaban el tercio inferior de la figura de mármol. ¿Qué podía hacer?

Sólo cabían dos soluciones: permanecer inmóvil donde estaba o desvelar la excitante incógnita, procurándome un «observatorio» más próximo al hierático e indiferente Claudio. La indecisión me torturó durante diez o quince minutos...

Al final opté por lo segundo.

«Las seis y treinta.»

En previsión de una súbita aparición de Isidoro, inicié la nueva aproximación por el costado izquierdo de la mole. De esta forma —pensé—, si el guarda se incorpora y decide caminar hacia la puerta del recinto, yo quedaría a sus espaldas.

Paso a paso, con la barbilla pegada en ocasiones a las rodillas, y palpando antes la consistencia del terreno y de los bloques, fui situándome más y más cerca. Un tropiezo, el quebranto de una rama o de una piedrecilla bajo mis pies o un jadeo mal controlado podría haber sido fatal. A cada metro conquistado asomaba los ojos, perforando casi el confuso e indefinible entorno de la escultura, en busca de mi enemigo.

«Las seis y cincuenta.»

El último avance fue de rodillas. Estaba a cuatro metros del inmenso y mutilado brazo izquierdo del «tartaja» cuando, al practicar mi enésima exploración, adiviné un bulto a los pies de la efigie. El bombeo del corazón se hizo más rápido: allí estaba Isidoro, reclinado en la silla extensible y cubierto hasta la nariz con una manta.

En una reacción puramente mecánica, bajé la cabeza, fundiéndome casi con la roca que me servía de baluarte. Contuve la respiración, aguzando los oídos. Pero sólo me respondió el silencio. Supuse que el guarda dormía a pierna suelta. En segundos pasaron por mi mente todas las posibilidades: «¿Y si no se despertaba hasta las ocho?» «¿Qué hubiera hecho en el supuesto de que llegara a descubrirme?»... «¿Debía escapar o fotografiar la estatua?»... «¿Y si fuera detectado por la Guardia Civil o por los madrugadores arqueólogos?»... «¿Cómo podría explicar mi presencia al pie de la figura, con el rostro embetunado como un comando?»

«Las seis y cincuenta y cinco.»

Acurrucado tras la piedra esperé. El amanecer empujaba ya tras la Silla del Papa, matando luceros y despertando perros en la aldea. Algunos espulgabueyes sobrevolaban el mar, fieles a su cita diaria con el ganado palurdo de la sierra de la Plata. Aquella luz primeriza empezaba a cambiar el color de las cosas, diezmando también mi escaso valor.

De pronto, un ruido me descompuso. Procedía del pequeño toso que rodeaba al amigo Claudio.

Ni pestañeé.

«Tiene que ser el guarda...», me anuncié a mí mismo, no sé si dándome ánimos o preparándome para lo peor.

No me equivocaba. Pegué la cara a la fría piedra y fui elevándome micra a micra, hasta alcanzar a ver a Isidoro. Se hallaba de espaldas, gracias a Dios...

Le vi levantarse con parsimonia. Dejó escapar un solemne bostezo, estirándose a placer. Inició un tímido canturreo y procedió a doblar la manta. Más que verlo, deduje por el chasquido que había plegado la silla playera. Aquel podía ser un indicio de la inminente salida del guarda hacia la aldea. Y así fue. Consultó su reloj y, sin mayores preocupaciones, se encaminó en dirección a la cerca metálica. Cronometré el tiempo que necesitó Isidoro para llegar desde la estatua a la cancela, abrirla, manipular nuevamente el candado y cubrir los treinta pasos que le separaban de las casas.

«Minuto y medio», sentencié con alarma. No era mucho tiempo. Pero confié en mi buena estrella. Tras una noche al raso, lo lógico era que el guarda procediera a asearse, sentándose después ante una humeante taza de café. Ésos, al menos, eran mis ardientes deseos.

«Las siete...»

Había llegado el momento. Brinqué desde mi escondrijo y, en dos saltos, me planté ante el mármol. Enfoqué el 24 milímetros, capturando al «tartaja» en el gran angular. La luz era escasa. Abrí el diafragma al máximo: 2,8. No era suficiente. El fotómetro se negaba a colaborar. «¡Maldita sea!», musité ante la falta de luminosidad. Inspiré profundamente, buscando apaciguar mis nervios. Las ruinas seguían silenciosas. Clavé las rodillas a un metro del Claudio y me arriesgué a reducir a 1/30 de segundo la velocidad de la Nikon. Volví a llenar los pulmones de oxígeno y pegué los brazos al tórax, tratando así de espantar cualquier movimiento de la cámara.

Los disparos fueron sucediéndose. Y como creo que le sucede a todo reportero gráfico, conforme fusilaba mi objetivo, una confianza suicida bloqueó mi cerebro, embriagándome.

DIARIO DE CADIZ

Y SU DEPARTAMENTO

FUNDADO EN 1867

REDACCIÓN, ADMINISTRACIÓN Y TALLERES: CEBALLOS, 1.—APARTADO 57

SU VALOR ES UNICO EN EL MUNDO

La cabeza de la estatua de Claudio encontrada en Bolonia será sustituida por una réplica

Según el alcalde de Tarifa se desconoce el destino de la pieza original

Ante el decreto del Gobierno

Los estibadores portuarios gaditanos deciden operar con las mercancías perecederas

Las empresas no llevarán a cabo el cierre patronal

A NIVEL NACIONAL

Mañana suben las tarifas de los transportes urbanos

Según el gobernador civil, en nuestra provincia el aumento deberá ser aprobado por la Comisión de Precios

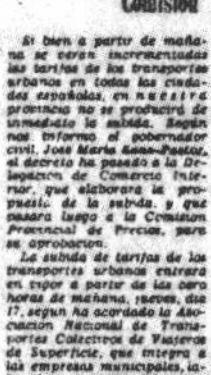

Torralba del Moral (Soria)

Quince muertos y más de 40 heridos, al chocar un "Talgo" con un mercancías

Un "apagón" en las señales, motivado por una tormenta, posible causa de la catástrofe

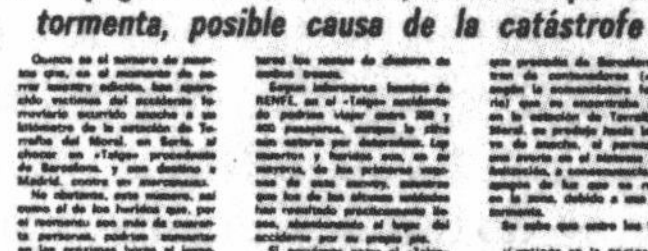

Tercera edición

POR LA JUNTA DEL PUERTO

Proyecto del paseo marítimo en el espigón de San Felipe

El miércoles, 16 de julio de 1980, el «Diario de Cádiz» publicaba en primicia las fotografías de la efigie del emperador romano, descubierta en Bolonia, y que habían sido logradas por el periodista J. J. Benítez en la madrugada del día 8 de ese mismo mes de julio. La "Operación Tartaja" evitó que la cabeza del emperador Claudio "volase" en secreto hacia territorio francés. En el grabado, una reproducción de la primera página del citado diario gaditano.

Al sexto o séptimo disparo reparé de pronto en la presencia de dos trabajadores que se aproximaban a las ruinas por la vieja carretera. Bajaban, sin duda, de algún cortijo próximo, dispuestos como cada mañana a iniciar las labores de excavación. Traían justamente la dirección de la pista militar donde yo había situado mi coche. «¡Dios santo! ¿Qué podía hacer?...»

Si permanecía al pie de la estatua, los peones me descubrirían en cuestión de minutos. Pensé en correr ladera arriba, cruzando las ruinas por el mismo camino por el que yo había reptado hasta mi actual posición. El instinto me hizo desistir. Los recién llegados me hubieran visto y, lógicamente, no habrían tardado mucho en dar la alarma. Yo tenía que llegar al «124» y recorrer algo más de un kilómetro, hasta alcanzar el cruce del Lentiscal, única salida hacia la pista asfaltada que, a su vez, me llevaría a la carretera nacional. Si el guarda o la Guardia Civil reaccionaban con prontitud, podría quedar copado incluso antes de salir de la pista militar.

Dirigí una mirada a la cancela del recinto arqueológico. Aquella zona, así como la aldea, seguían desiertas. Calculé la distancia a que se encontraban aún los inoportunos peones y aposté por una tercera vía: abandonar el lugar y salir al encuentro de los trabajadores. Si conseguía pasar ante ellos sin levantar sospechas, quizá mi huida fuera menos comprometida...

Corrí hacia la cerca, confiando en que el centenar de metros que me separaba de los obreros y las moles de piedra de las ruinas taparan mi última maniobra. No sé muy bien cómo lo hice, pero «tomé el olivo» (en este caso la barrera metálica) con tanta limpieza como miedo. (Ahora pienso que debió ser este último el que ayudó a saltar el metro y veinte centímetros que tiene la referida cancela.)

Una vez en la carretera cortada, y tras comprobar que las callejuelas de Bolonia seguían silenciosas, caminé con rapidez al encuentro de los dos hombres. Debía alejarme cuanto antes de la aldea. Al dejar atrás uno de los recodos de la vieja calzada, los trabajadores aparecieron ante mí, a cosa de cincuenta o sesenta metros.

Noté cómo frenaban su marcha, sorprendidos por la súbita presencia de aquel individuo. Pero tanto ellos como yo proseguimos nuestro mutuo acercamiento. Se trataba, en efecto, de dos peones, empleados en la excavación, dispuestos a iniciar su cotidiana faena.

Cuando faltaban treinta pasos para el encuentro definitivo, los obreros —que venían conversando— se detuvieron, con evidentes muestras de sorpresa. No tardé mucho en comprender. Mi rostro, negro por el betún, los había desconcertado.

«¿Qué les digo?», me pregunté con desesperación, mientras me aproximaba con paso decidido.

Los trabajadores, uno a cada lado de la estrecha carretera, me observaban en silencio. Creo que pocas veces he cavilado a semejante velocidad.

Pero ya no podía volverme atrás.

Adoptando un tono cordial, pero autoritario a un mismo tiempo, exclamé cuando estaba a punto de llegar a la altura de los atónitos camperos:

—¡Buenos días!...

Y levanté mi mano derecha en señal de saludo.

—¡Buenos días! —respondieron al unísono, sin saber qué hacer ni qué añadir.

En ese instante, sin perder el ritmo de mi andadura, solté un comentario que, supongo, desarmó a los caminantes:

—¡Tranquilícense!... Estamos de maniobras.

Y proseguí carretera adelante, sin volverme siquiera. Durante algunos segundos noté el peso de las miradas de los desconcertados obreros. Pero no hicieron el menor comentario, al menos mientras yo estuve cerca. Minutos después desembocaba en la pista militar. Los trabajadores habían reanudado su marcha hacia la aldea. No tardarían en reunirse con el guarda o con otros compañeros, comentando seguramente el curioso encuentro con un tipo que llevaba el rostro negro como el picón. Si de verdad estimaba mi pellejo, yo debería estar entonces a muchos kilómetros de las ruinas de *Baelo Claudia*...

«Siete y quince minutos...»

A toda velocidad extraje el rollo de diapositivas, sustituyéndolo por otro, todavía virgen. Solté la bota derecha y oculté el preciado tesoro en el reducido hueco del pie.

No habrían transcurrido más de cinco minutos de mi kafkiano encuentro con los empleados, cuando el «124» arrancaba como un cohete hacia el cruce del Lentiscal con Aldea de Bolonia. Todo seguía desierto.

Al descender hacia la nacional 340 me crucé con algunas motocicletas. Eran, sin duda, otros obreros que acudían a su trabajo en las ruinas. Sin perder de vista el espejo retrovisor, y con el corazón encogido ante la posibilidad de una repentina aparición de la Guardia Civil, lancé mi viejo Seat a tumba abierta, obligándolo a rechinar en cada curva.

«¿Y si han dado aviso a otras patrullas?»

Aquel pensamiento me sobresaltó.

«No puede ser —me dije en tono conciliador—. Nadie ha identificado mi coche...»

«Siete y treinta...»

Al divisar el cruce de la pista con la carretera nacional sentí un gran alivio. No había rastro de motoristas o vehículos de la Benemérita. En un santiamén puse dirección a Tahivilla, refugiándome por último en las proximidades de la venta Apollo XI, todavía cerrada.

Tenía que hacer desaparecer la capa de betún. Tampoco era cuestión de seguir circulando de semejante guisa hasta Barbate... Abrí el depósito de gasolina y aspiré con una goma. Minutos después, y en la oscuridad del coche, inicié una implacable friega.

«Ocho y cuarenta y cinco...»

Al asomarme a la dormida playa del Carmen, en Barbate, mi espíritu terminó de serenarse. A lo lejos, las barquillas buscaban inquietar a caballas y doradas, mientras madrugadores «poteros» gesticulaban con la mar, en busca de la hoya donde duerme el calamar.

Pero aquel relajante baño en las azules aguas del Atlántico fue sólo un respiro. Misteriosas huellas que partían de ese mismo océano habían sido descubiertas en la playa de Isla Cristina...

Estaba, pues, ante una nueva aventura.

LA AVENTURA CONTINÚA

Anoche, 20 de febrero de 1983, cuando me disponía a reanudar la narración de los dos últimos y apasionantes «encuentros con humanoides» de este primer libro, acaecidos en Isla Cristina (Huelva) y en Villares del Saz (Cuenca), la llamada telefónica de mi buen amigo Julio Corchero, desde Valencia de Alcántara (Cáceres), me ha obligado a suspender tal empeño. Según testimonios recogidos en la población de Vegas de Coria —al norte de Extremadura—, un ser gigantesco, con una oscura indumentaria, venía siendo observado en los últimos días, sembrando el pánico entre los vecinos. En uno de los últimos comunicados sobre el suceso, el diario *Hoy*, de Badajoz, aseguraba que uno de los testigos había fallecido como consecuencia, al parecer, de la súbita aproximación de este terrorífico gigante.

Aquello, sinceramente, me parecieron palabras mayores. Y en cuestión de horas me lancé a las carreteras, rumbo a Las Hurdes.

¿Llegaría a tiempo esta vez? ¿Qué me reservaba el destino en Vegas de Coria?

Febrero de 1983.

Índice onomástico

Las cifras en cursiva remiten a las ilustraciones